天才たちの秘密《ひみつ》のゲーム

「忘《わす》れ物《もの》」を隠《かく》し通せ!

わこり

『プロローグ』

【私立《しりつ》堅野《かたの》学院中学校】校長室にて。

「校長先生、お話とは一体何でしょう？」

「他でもない、あの四人の事だ」

「あの四人……というのは、二年二組《私のクラス》の【天才四人衆《しゅう》】の事でしょうか？」

「そうだ。全国一の偏差値《へんさち》を誇《ほこ》る我《わ》が校《こう》で、二年生ながら学力トップに君臨《くんりん》し続ける男子生徒四人。一年生の頃《ころ》から担任《たんにん》をしている見破《みやぶ》先生に、彼《かれ》らの近況《きんきょう》を聞いておきたいと思ってね」

「なるほど、そういうお話でしたか。前々から、あの子たちは授業内容《じゅぎょうないよう》に物足りなさを感じている節がありました。昨日《きのう》の国語の授業《じゅぎょう》でも、授業内容《じゅぎょうないよう》そっちのけで一般相対性理論《いっぱんそうたいせいりろん》についての論文《ろんぶん》を書いていましたし……」

「ほう、大学物理で取《と》り扱《あつか》うレベルじゃないか。さすがはあの四人……まあ、あれだけ他の生徒と学力の差があるんだ。少しは大目に見てやりなさい」

「分かりました。ただ……それとは別に一つ大きな問題があるのです」

「大きな問題？　特に問題行動は起こしていないと聞いているが？」

「ええ、それに関しては間違《まちが》いありません。四人とも仲が良いようですし、学校行事にも意欲的《いよくてき》に参加。なんなら、学力とは関係ない体育などの授業《じゅぎょう》も好成績《こうせいせき》ですから」

「では、一体何が問題だと言うんだ？」

「彼《かれ》らは、忘《わす》れ物《もの》が多過《す》ぎるのです」

目次

登場人物紹介《しょうかい》

天才四人衆《よにんしゅう》は私立堅野《しりつかたの》学院中学校に通う
二年二組の生徒。

多鹿《たじか》

持ち前の明るさとコミュ力で天才4人衆《しゅう》の中で唯一《ゆいいつ》、初対面の人とでも気さくに話せる。

上田《うえだ》

喜怒哀楽《きどあいらく》が表情《ひょうじょう》に出にくい、クールな雰囲気《ふんいき》。

島津雄太《しまづゆうた》

壮太《そうた》の双子《ふたご》の弟。兄の壮太《そうた》とは違《ちが》い、おっとりとした性格《せいかく》。

島津壮太《しまづそうた》

雄太《ゆうた》の双子《ふたご》の兄。不良っぽい見た目と荒々《あらあら》しい口調で怖《こわ》いと誤解《ごかい》されやすいが、根は優《やさ》しい。

見破《みやぶ》先生

2年2組の担任《たんにん》。厳《きび》しく真《ま》面目《じめ》な先生だが、意外な一面も……？

一戦目　『筆箱』

「おはよう、上田《うえだ》！　昨日《きのう》書いてた論文《ろんぶん》は完成した？」

私立《しりつ》堅野《かたの》学院中学校二年二組の教室。登校して教室に入った途端《とたん》、いきなり話しかけてくる奴《やつ》がいた。俺《おれ》はまだカバンも置けていない。

話しかけてきたのは、一年生の時から同じクラスの多鹿《たじか》だ。相変わらず朝から元気が良い。

「ああ、完成した。我《われ》ながら悪くない出来だ」

「お、待ってました！　後で読ませてね。今日一番のお楽しみイベントなんだからさ！」

「お前、学校に何しに来てるんだよ……」

そう言いながらカバンを下ろして席に座《すわ》る。俺《おれ》の席は真ん中の列の最後尾《さいこうび》。座《すわ》った瞬間《しゅんかん》、日差しが眩《まぶ》しく感じた。今日は快晴《かいせい》。カーテンを閉《し》めに行くため、再《ふたた》び席を立つ。

「それにしても、もう論文《ろんぶん》を書き終えてるとは……何かしたんじゃないの？」

席に戻《もど》ると、多鹿《たじか》が机《つくえ》にもたれかかりながら聞いてきた。

「昨日《きのう》の国語の授業《じゅぎょう》中、こっそり書いた」

「やっぱり不正してた。こっそり……なんて言ってるけど、多分見破《みやぶ》先生にはバレてると思うよ？」

「まさか。原稿《げんこう》用紙を広げるわけでもなく、ただノートに下書きしていただけだぞ？　いくら見破《みやぶ》先生でも見破《みやぶ》るのは無理だ。特に何も言われなかったから、大丈夫《だいじょうぶ》だろ」

そんな事を言いつつも、内心では不安になった。見破《みやぶ》先生の観察眼《かんさつがん》は異常《いじょう》。生徒の不正行為《こうい》は決して見逃《みのが》さない。二年二組の間ではとっくに共通認識《にんしき》だ。加えて、昨日《きのう》は前の席の奴《やつ》が休んでいた。おかげで見破《みやぶ》先生からノートは丸見えの状態《じょうたい》。教卓《きょうたく》から俺《おれ》の席まで距《きょ》離《り》はあるが、見破《みやぶ》先生なら気付く事もありえそうだ。

「まあでも、授業《じゅぎょう》が退屈《たいくつ》になる気持ちは分かるよ。自分で言うのもなんだけど、僕《ぼく》らは天才だからね……」

突然《とつぜん》、多鹿《たじか》が虚《むな》しそうな口調で言う。

「授業《じゅぎょう》を受けて新しく知識《ちしき》が増《ふ》える事は滅多《めった》にないからな。俺《おれ》にとって学校での楽しみはあれくらいだよ」

私立《しりつ》堅野《かたの》学院中学校、略《りゃく》して「堅中《かたちゅう》」は全国でもずば抜《ぬ》けた学力を誇《ほこ》る。入学試験を突《とっ》破《ぱ》できる人間も毎年ごく僅《わず》かだ。そんな堅中《かたちゅう》で毎回定期試験の上位を独占《どくせん》し、学内の学年混合実力テストですら他学年生を押《お》し退《の》けてトップに居座《いすわ》り続ける天才中の天才がいる。それが俺《おれ》と多鹿《たじか》を含《ふく》む四人の男子生徒、天才四人衆《しゅう》だ。無論《むろん》、自分たちから名乗り始めたわけではない。気付いたら、周りからそう呼《よ》ばれていた。

名前が大層《たいそう》な分、他生徒からも敬遠《けいえん》されがちだ。そのため、自然と天才四人衆《しゅう》同士でつるむようになっていた。堅中《かたちゅう》は成績順でクラス分けがされるため、四人ともクラスは同じ。それに、一位から四位までの独占《どくせん》は前提《ぜんてい》として、毎回誰《だれ》が定期試験で一位を取るか予想するなど、同じ天才であるが故《ゆえ》の話題も多い。今や親友と呼《よ》べるほどの仲だ。

「そろそろ朝礼が始まる時間だ。お前も自分の席に戻《もど》ったらどうだ？」

俺《おれ》の提案《ていあん》に、多鹿《たじか》は「は〜い」と適当《てきとう》な返事をして離《はな》れていく。その時、ちょうど教室の前のドアから見破《みやぶ》先生が入ってきた。今まで友達と話し、自由に過《す》ごしていたクラスメイトたちも一斉《いっせい》に自分の席に着く。最後の一人が着席した瞬間《しゅんかん》、朝礼開始時刻《じこく》を知らせるチャイムが鳴った。

「起立、礼、着席」

見破《みやぶ》先生の声に従《したが》って朝の挨拶《あいさつ》を済《す》ませる。相変わらずの仏頂面《ぶっちょうづら》。一年生の頃《ころ》からの担《たん》任《にん》だが、一度も笑っているところを見た事がない。間違《まちが》いなく、この学校で一番真面目《まじめ》で厳《きび》しい先生だろう。

「本日の連絡事項《れんらくじこう》は一点です。最近、忘《わす》れ物《もの》をする生徒が増《ふ》えています。ごく少数、数日に一回必ずと言っていいほど忘《わす》れ物《もの》をする者もいるようですが……」

見破《みやぶ》先生がわざとらしくこちらをチラッと見てきた。俺《おれ》はそれに気付いてすぐに視線《しせん》を逸《そ》らす。「誰《だれ》にだって苦手な事はありますから……」と言いたくなったが、完全にこちらが悪いので止《や》めておく。見破《みやぶ》先生が再度《さいど》話し始めた時、やっと正面に向き直った。

天才四人衆《しゅう》は忘《わす》れ物《もの》が多い。これも二年二組の共通認識《にんしき》だ。お恥《は》ずかしい話、俺《おれ》や多鹿《たじか》は数日に一回のペースで忘《わす》れ物《もの》をしてしまう。無論《むろん》、わざとではない。この学校には【忘《わす》れ物《もの》ペナルティ】という制度《せいど》がある。忘《わす》れ物《もの》をしてしまった場合、学校側が備品《びひん》を貸《か》し出《だ》す代わりに学校行事や清掃《せいそう》等の手伝いをしなければならないのだ。ちなみに忘《わす》れ物《もの》をしたとしても、他クラスの生徒に借りるなどして補完《ほかん》できたら問題ない。加えて超《ちょう》エリート校《こう》という事もあり、そもそも忘《わす》れ物《もの》をする生徒が少ないため忘《わす》れ物《もの》ペナルティが発動される事は滅多《めった》にない。本来なら……。

結局、今日の朝礼は忘《わす》れ物《もの》に対する注意喚起《かんき》だけで終わった。見破《みやぶ》先生はそのまま教室に残る。一限《げん》目は国語。見破《みやぶ》先生の担当《たんとう》科目だ。

「上田《うえだ》、さっき見破《みやぶ》先生に見られてたでしょ？」

朝礼が終わった途端《とたん》、早速《さっそく》多鹿《たじか》が俺《おれ》の席に来た。天才四人衆《しゅう》のうち二人が欠席で、今日はお互《たが》い他に話し相手がいない。別にクラスメイトたちと仲が悪いわけではないのだが、どこか避《さ》けられているような雰囲気《ふんいき》がある。これも天才四人衆《しゅう》という肩書《かたが》きのせいだ。

「お前は見られなかったのか？」

「当然見られたよ。でも、ニコッて笑顔《えがお》を返しといた。なんせ、今日の僕《ぼく》は忘《わす》れ物《もの》をしてない自信があるからね！　家を出る前に六回くらい確認《かくにん》したから間違《まちが》いない」

自信満々に胸《むね》を張《は》る多鹿《たじか》に、俺《おれ》は「フッ」と鼻で笑って返す。

「今日は実技《じつぎ》教科なしの日だろ？　つまり、持ち物は教科書とノートだけ。そんなに何度も確認《かくにん》しなくても、そもそも忘《わす》れる物が無いだろ」

「そうやって油断《ゆだん》してる時こそ忘《わす》れるんだよ！　とりあえず、次の授業《じゅぎょう》の準備《じゅんび》してみなよ」

「仕方ないな」と呟《つぶや》きながらカバンに手を伸《の》ばす。どうせ授業《じゅぎょう》の準備《じゅんび》はしなければいけない。国語の授業《じゅぎょう》に必要な物は教科書とノートだ。ノートはすぐに見つかった。次に教科書だが……。

「あれ？」

不安になってすぐにカバンの中を覗《のぞ》き見《み》る。すると、奥底《おくそこ》に見つかった。

「ほらよ。なあ、言っただろ？　今日の時間割《じかんわり》で忘《わす》れ物《もの》をする方が難《むずか》しいんだって」

教科書とノートを机《つくえ》の上に出す。

「筆箱は？」

直後、多鹿《たじか》の指摘《してき》が入った。

筆箱……？

「持ち物は教科書とノートだけ、なんて言ってたから一応《いちおう》聞いてみたけど、そんな初歩的な忘《わす》れ物《もの》するわけないか」

冗談《じょうだん》を言うような軽い口調で話した後、笑った。

それを聞いた俺《おれ》の額《ひたい》に冷汗《ひやあせ》が滲《にじ》む。

カバンの中を確認《かくにん》するまでもない。なぜなら、昨晩《さくばん》宿題で使った後カバンに入れた記憶《きおく》がないからだ。

「ヤバい、筆箱忘《わす》れた……」

呟《つぶや》いた瞬間《しゅんかん》、チャイムが鳴った。多鹿《たじか》も含《ふく》め、クラスの全員が自分の席に戻《もど》っていく。

「起立、礼、着席」

授業《じゅぎょう》の挨拶《あいさつ》を済《す》ませ着席した後、一縷《いちる》の望みをかけて机《つくえ》の引き出しの中を漁《あさ》ってみる。出てきたのは、ハサミ、スティックのり、昨日《きのう》書いた一般相対性理論《いっぱんそうたいせいりろん》の論文《ろんぶん》くらい。

「マズいな」

この状況《じょうきょう》、普通《ふつう》ならどうするだろうか？　近くのクラスメイトに筆記用具を借りて終わり。ただそれだけの話だろう。しかし、そうはいかない理由がある……。

ふと誰《だれ》かの視線《しせん》を感じた。前方を見回す。すると、窓際《まどぎわ》の前から二番目の席に座《すわ》っている多鹿《たじか》がこちらを見てニヤリと笑っていた。

「やっぱりそうなるよな……良いぜ、受けて立ってやる」

周りに聞こえないような声で呟《つぶや》く。そう、これがクラスメイトに借りるだけで済《す》ませられない理由だ。

天才四人衆《しゅう》の誰《だれ》かが忘《わす》れ物《もの》をした時、必ずと言って良いほど【忘《わす》れ物《もの》頭《ず》脳《のう》戦《せん》】が始まる。ルールは簡《かん》単《たん》。忘《わす》れた奴《やつ》は何とかして忘《わす》れ物《もの》をごまかす。ただし、俺《おれ》たちは仮《かり》にも天才と言われている人間。忘《わす》れ物《もの》一つごまかすくらいなんとかなってしまったりする。そこで、他の奴《やつ》らは忘《わす》れ物《もの》をごまかそうとする奴《やつ》を妨《ぼう》害《がい》する。本来、忘《わす》れ物《もの》をごまかす行《こう》為《い》は褒《ほ》められたものではない。妨《ぼう》害《がい》する側は、その大《たい》義《ぎ》名《めい》分《ぶん》を以《もっ》て忘《わす》れ物《もの》ペナルティを受けさせようとしてくるのだ。忘《わす》れ物《もの》をごまかす側と、妨《ぼう》害《がい》する側の真《しん》剣《けん》勝負……それが忘《わす》れ物《もの》頭《ず》脳《のう》戦《せん》である。

最初はひょんな拍《ひょう》子《し》から始まった頭《ず》脳《のう》戦《せん》だが、これが意外と面《おも》白《しろ》い。そして、ごまかす側だろうが妨《ぼう》害《がい》する側だろうが、負けると悔《くや》しい。授《じゅ》業《ぎょう》中退《たい》屈《くつ》する事も相まって、今や天才四人衆《しゅう》の間では定番の遊びとなっている。

実を言うと、俺《おれ》は前回の頭《ず》脳《のう》戦《せん》で負けている。だからこそ今回は勝ちたい。それが筆記用具を借りず、勝負に乗った理由だ。

「さて、とりあえず相手がどうやって妨害《ぼうがい》してくるか考えるところからだな……」

机《つくえ》の上に教科書とノートを広げた。

筆箱を忘《わす》れたところで、基本的《きほんてき》にそれがバレる事はない。俺《おれ》の席は最後尾《さいこうび》。加えて前の奴《やつ》の背《せ》に隠《かく》れているため、見破《みやぶ》先生から俺《おれ》のノートは見えない。書いているフリで手さえ動かしておけば大丈夫《だいじょうぶ》だろう。しかし、相手は自分と同じく天才の多鹿《たじか》。何か策《さく》を打ってくる事は確定《かくてい》している。油断《ゆだん》は禁物《きんもつ》だ。

「見破《みやぶ》先生！」

授業《じゅぎょう》が始まって二十分ほど経過《けいか》した。突然《とつぜん》多鹿《たじか》が元気良く手を挙げた。やはり仕掛《しか》けてきやがった。

「何でしょう？」

「シャーペンの芯《しん》が詰《つ》まってしまって……新しいシャーペンを後ろのロッカーまで取りに行っても良いでしょうか？」

「どうぞ」

多鹿《たじか》が席を立ち教室後方にあるロッカーへと向かった。多鹿《たじか》のロッカーはちょうど俺《おれ》の席の後ろ辺りにあったはずだ。

芯が詰《つ》まった？　おそらく嘘《うそ》だ。席を立つための体《てい》の良い理由に過《す》ぎない。

何の思惑《おもわく》が……。

「なるほど、そういう事か」

多鹿《たじか》の狙《ねら》いにいち早く気付いた俺《おれ》は、急いで行動を起こす。直後、多鹿《たじか》がロッカーに行くためにわざわざ俺《おれ》の横の通路を通った。

「おっと！」

横を通《とお》り過《す》ぎると思った瞬間《しゅんかん》、いきなり多鹿《たじか》がつまずいた。体を支《ささ》えようと、俺《おれ》の席にもたれかかる。見破《みやぶ》先生も含《ふく》め、クラス中の視線《しせん》が一気に集まる。そう、これこそが多鹿《たじか》の狙《ねら》いだ。

多鹿《たじか》がもたれかかったせいで俺《おれ》の机《つくえ》は横にずれ、前の奴《やつ》の背《せ》からノートが出ていた。見《み》破《やぶ》先生から俺《おれ》のノートが見える状態《じょうたい》。もしこの状況《じょうきょう》で机《つくえ》の上に白紙のノートが置いてあれば不審《ふしん》に思うだろう。「なぜ板書を取っていないのですか？」と聞かれてゲームオーバーだ。

仮《かり》に「今ちょうど新しいページに移《うつ》ったばかりなんです」と言い訳《わけ》したところで、見破《みやぶ》先生のマークが厳《きび》しくなることは必然。授業もまだ中盤《ちゅうばん》に差し掛《か》かった頃《ころ》。頭脳戦《ずのうせん》は続くだろうし、不利になるような事はなるべく避《さ》けたい。

「すみません、つまずいちゃって……」

立ち上がり、気を取り直してロッカーに向かう多鹿《たじか》。その顔はどこか不満げだった。

俺《おれ》はすぐに机《つくえ》を元の位置に戻《もど》す。

残念ながら、この程度《ていど》の策《さく》で負けてやるつもりはない。

多鹿《たじか》の企《たくら》みに気付いた俺《おれ》は、急いでノートの過去《かこ》ページを広げた。それなりの文字数が書かれたページ。いくら見破《みやぶ》先生でも、机《つくえ》がズレた僅《わず》かな時間だけでノートの内容《ないよう》までは確認《かくにん》できないだろう。

ただ、少しでも反応《はんのう》が遅《おく》れていれば危《あぶ》なかった。そして多鹿《たじか》もこの程度《ていど》で引き下がるような奴《やつ》ではない。

「やはり、何とかして字を書く方法を探《さが》し出《だ》す必要がありそうだな……」

今回は寸前《すんぜん》で気付けたから対応《たいおう》できたが、多鹿《たじか》の策《さく》を前にいつまでノートを隠《かく》し通《とお》せるか分からない。早いところ、字を書く手段《しゅだん》を確保《かくほ》する必要がある。

「改めて、今使える物を確認《かくにん》してみよう」

国語の教科書とノート、ハサミ、スティックのり、昨日《きのう》書いた論文《ろんぶん》……字が書けそうな道具は一切《いっさい》ない。

一見不可能《ふかのう》に思える状況《じょうきょう》……だが、むしろ燃《も》えてくる。

「何とかしますか」

俺《おれ》の頭はフル回転を始めた。

＊＊＊

――二十分後――

授業《じゅぎょう》時間は残り十分を切っていた。あれから多鹿《たじか》は何も仕掛《しか》けてきていない。まさか諦《あきら》めたのか……？　一瞬《いっしゅん》そんな事も考えたが、見破《みやぶ》先生の一言で戦況《せんきょう》が大きく変わった。

「今日の授業内容《じゅぎょうないよう》はこれで終わりです。少し時間が余《あま》ってしまったので、残りは自習時間とします」

実質的《じっしつてき》に授業《じゅぎょう》は終わり。予想外の展開《てんかい》。すぐに多鹿《たじか》の方を見ると、多鹿《たじか》はピンと威勢《いせい》良く手を挙げていた。

「なるほど、これが狙《ねら》いだったのか……」

自習時間を狙《ねら》った最後の策《さく》。授業《じゅぎょう》の内容《ないよう》と進行速度を完璧《かんぺき》に把握《はあく》していないと、授業《じゅぎょう》終わりに自習時間が設《もう》けられるなんて予測《よそく》できない。

この学校で言う「自習時間」とは、「自分の席に座《すわ》って静かにしている限《かぎ》りは何をしても良い時間」という意味だ。当然多鹿《たじか》も動きやすくなるが、問題はそこではない……。

「見破《みやぶ》先生、一つよろしいでしょうか？」

多鹿《たじか》が立ち上がる。やはり、マズい展開《てんかい》になりそうだ。

幾度《いくど》も忘《わす》れ物頭脳戦《ものずのうせん》を繰《く》り返《かえ》してきて分かった事がある。それは、天才四人衆《しゅう》にはそれぞれ得意分野があるという事。単純《たんじゅん》な学力以外に秀《ひい》でた能力《のうりょく》があり、忘《わす》れ物頭脳戦《ものずのうせん》において猛威《もうい》を振《ふ》るう。ちなみに多鹿《たじか》の得意分野は……。

「何でしょう？」

「今日の授業《じゅぎょう》で一部ノートを取り損《そこ》ねてしまった部分がありまして……誰《だれ》かにノートを見せてもらいたいんです」

「そうですか。でも、それなら私《わたし》に申し出る必要はないのでは？　近くの人に見せてもらったら良いでしょう？」

「はい、そうなんですが……ここで僕《ぼく》から提案《ていあん》があります。たまにはクラスの皆《みんな》でノートの内容《ないよう》を共有してみるのはどうでしょう？　ノートの取り方一つで学習効率《こうりつ》は大きく変わると聞きます。成績《せいせき》が良い人……例えば、上田《うえだ》君のノートなんかは参考にできる部分も多いんじゃないでしょうか？」

多鹿《たじか》はチラッと俺《おれ》の方を見て笑った。そう、奴《やつ》の得意分野は【話術《わじゅつ》】である。この場合、交渉術《こうしょうじゅつ》と言った方が良いかもしれない。自習時間の一番の脅威《きょうい》は、見破《みやぶ》先生が授業《じゅぎょう》から離《はな》れ、先生の手が空く事だ。

「まあ今は自習時間ですし、たまにはそういうのも良いかもしれませんね」

授業中《じゅぎょう》なら絶対《ぜったい》に受け入れられない提案《ていあん》でも、自習時間なら話が変わってくる。そこに多鹿《たじか》お得意の話術《わじゅつ》が加われば、見破《みやぶ》先生に俺《おれ》のノートを確認《かくにん》させるくらい容易《たやす》い。

「せっかく名前が挙がりましたし……上田《うえだ》君、ノートを見せてくれますか？　その後は言い出しっぺの多鹿《たじか》君にもノートを見せてもらいます」

まさしく絶体絶命《ぜったいぜつめい》の状況《じょうきょう》。だが、俺《おれ》も自習時間に入るまで何もしていなかったわけじゃない。立ち上がり、見破《みやぶ》先生に向かってこう言った。

「僕《ぼく》は普段《ふだん》から特別なノートの取り方はしていません。授業《じゅぎょう》で必要だと思った部分だけ要約して書いています。クラス中に見せて回るのは時間が掛《か》かりますし、読み上げる形でも大丈夫《だいじょうぶ》でしょうか？」

見破《みやぶ》先生は「問題ありません。よろしくお願いします」と返す。これでノートを直接《ちょくせつ》見られる心配は無くなった。

しかし、まだ危機《きき》は去っていない。その証拠《しょうこ》に、多鹿《たじか》はこちらを見ながらニヤニヤと笑《え》みを浮《う》かべている。黒板は授業《じゅぎょう》後半の一部分を除《のぞ》いて既《すで》に消されている。つまり、即興《そっきょう》で黒板を見ながら話す事もできない。これで俺《おれ》は詰《つ》んだ……とでも多鹿《たじか》は思っているのだろう。

その後、俺《おれ》はノートを目の前に掲《かか》げ、自信満々に読み上げた。

ノートから一度も目を離《はな》さず、途中《とちゅう》で詰《つ》まる事もない。正真正銘《しょうしんしょうめい》、書かれている文字をそのまま読んでいるだけ。

「授業《じゅぎょう》前半の内容《ないよう》が欠けているように感じましたが、それ以外は上手《うま》くまとめられているようですね。結構《けっこう》です」

読み終えた後、見破《みやぶ》先生が言った。直後、クラスメイトたちから拍手《はくしゅ》が送られる。授業《じゅぎょう》前半というのは、ノートを取る手段《しゅだん》を確保《かくほ》する前に板書が消された部分の事だろう。唯一《ゆいいつ》の懸念点《けねんてん》だったが、なんとか見逃《みのが》してくれたようだ。

多鹿《たじか》は目を丸くしてこちらを見ていた。それを確認《かくにん》した後、俺《おれ》は満足げに席に着く。

「では次、多鹿《たじか》君もノートを読み上げてくれますか？」

「は、はい！」

多鹿《たじか》もノートを読み上げるが、口調から動揺《どうよう》しているのが伝わってくる。見破《みやぶ》先生を上《う》手《ま》く誘導《ゆうどう》できた時点で勝利を確信《かくしん》していたのだろう。

それからは何事もなく時間が過《す》ぎていき、やがて授業終了《じゅぎょうしゅうりょう》を知らせるチャイムが鳴った。

「起立、礼、着席」

これを以《もっ》て授業終了《じゅぎょうしゅうりょう》。完全勝利だ。

休み時間に入り見破《みやぶ》先生が教室を去った後、すぐに多鹿《たじか》が俺《おれ》の席に来る。

「一体どうやったの？　自習時間を利用して、見破《みやぶ》先生の関心を上田《うえだ》のノートに向けた瞬《しゅん》間《かん》勝ちだと思ったのに！」

悔《くや》しそうな表情《ひょうじょう》。確《たし》かに、多鹿《たじか》の作戦はほとんど完璧《かんぺき》に近かった。唯一《ゆいいつ》欠点があるとすれば、それは見破《みやぶ》先生が読み上げる方法を許《ゆる》した時何もしなかった事。最後、直接《ちょくせつ》見破《みやぶ》先生にノートを見られていれば終わっていた。

「どうやったのって……それ以前に、俺《おれ》が即興《そっきょう》で授業内容《じゅぎょうないよう》の要約を考えてノートを読み上げるフリをしている……とは考えなかったのか？」

「あれがフリじゃないって事くらい誰《だれ》が見ても分かるよ！　授業内容《じゅぎょうないよう》を思い出して要約してから喋《しゃべ》ってるにしてはスムーズ過《す》ぎる。勿体《もったい》ぶらないで早くノート見せてよ！」

急《せ》かしてくる多鹿《たじか》。俺《おれ》はあえてゆっくりとした手つきでノートのページを開いた。

「なるほど……論文《ろんぶん》か！」

多鹿《たじか》はノートを見てすぐに理解《りかい》したようだった。

実は、字を書く方法を見つけたわけではない。昨日《きのう》書いた論文《ろんぶん》から必要な文字や単語、文章を切り取ってノートに貼《は》る事で簡易《かんい》的に板書を取っていたのだ。論文《ろんぶん》の文字数は約三万字。これだけあれば、ある程度《ていど》文字の種類は揃《そろ》う。一部欠けていたとしても、脳内《のうない》で補《ほ》完《かん》して読めれば問題ない。

前の奴《やつ》の背《せ》に隠《かく》れながらの作業。加えて、相手は見破《みやぶ》先生だ。少しでも不審《ふしん》な挙動を見せたら気付かれる可能性《かのうせい》がある。目線が逸《そ》れた時しか作業できなかったため、板書は授業《じゅぎょう》内容《ないよう》の重要部分を要約するに留《とど》まった。普段《ふだん》は授業《じゅぎょう》中退屈《たいくつ》する事もあって、ほぼ板書を丸々写す形でノートを取っている。

「論文《ろんぶん》を切《き》り貼《ば》りして板書を取る方法か……上田《うえだ》の発想力にはいつも驚《おどろ》かされるよ」

種明かしの後、多鹿《たじか》が感心したように腕《うで》を組んだ。

「俺《おれ》の発想って、そんなに特殊《とくしゅ》なのか？」

「普通《ふつう》こんな方法思い付かないでしょ！　上田《うえだ》の冷静に状況《じょうきょう》を分析《ぶんせき》して活路を見出《みいだ》す能《のう》力《りょく》はすごいと思うよ」

天才四人衆《しゅう》の得意分野。俺《おれ》の場合、それは【発想力】らしい。他にも状況把握《じょうきょうはあく》能力《のうりょく》に長《た》けているなどと言われた事もあるが、自分ではいまいちピンときていない。

「それより、今回の頭脳戦《ずのうせん》の勝者は俺《おれ》だ。敗者は献上《けんじょう》すべき物があるよな？」

俺《おれ》の言葉に、多鹿《たじか》は悔《くや》しそうな表情《ひょうじょう》で自分の席に向かった。

「ほら、これ。まったく……頭脳戦《ずのうせん》に負けた挙句《あげく》、楽しみにしてた論文《ろんぶん》まで読めなくなるなんて……」

戻《もど》ってきた多鹿《たじか》が手に持っていたのは筆記用具。さすがに六限《げん》目まで論文《ろんぶん》を切《き》り貼《ば》りして乗り切るのは難《むずか》しい。

「安心しろ。また筆箱を忘《わす》れた時のために、急いで論《ろん》文《ぶん》を書き直して引き出しの中に入れておくからな」

「いやいや、それなら予《よ》備《び》の筆記用具でも入れておきなよ！」

こうして、今回の頭脳戦《ずのうせん》は俺《おれ》の勝利で幕《まく》を下ろした。

二戦目

『保健《ほけん》の教科書』

「二人とも、体調はもう大丈夫《だいじょうぶ》なのか？」

二年二組の教室。今日は朝から天気が悪く、窓《まど》の外に見える空は灰色《はいいろ》の雲に覆《おお》われていた。天気予報《よほう》では夜まで降《ふ》らないと言われていたが、いつ降《ふ》り出してもおかしくないほど暗い。まだ朝礼前だが、既《すで》に教室の電気は点《つ》けられていた。

俺《おれ》の席に二人の男子生徒が集まってきていた。こいつらの顔を見るのは一昨日《おととい》ぶりだ。

「まさか俺《おれ》が風邪《かぜ》を引くとはな……記憶《きおく》が正しければ四年ぶりくらいだぜ」

「オリンピックみたいだね～。兄ちゃんに感染《うつ》されたのか、僕《ぼく》も風邪《かぜ》引いちゃって……結局兄弟二人で休む事になったよ～」

兄の島津壮太《しまづそうた》と弟の島津雄太《しまづゆうた》。合わせて「島津《しまづ》兄弟」と呼《よ》ばれており、二人とも天才四人衆《しゅう》の一員だ。双子《ふたご》なだけあって顔のパーツは似《に》ているが、雄太《ゆうた》は常《つね》に眼鏡《めがね》を掛《か》けているため見分けるのは意外と簡単《かんたん》。加えて性格《せいかく》もかなり違《ちが》い、壮太《そうた》は荒々《あらあら》しく、雄太《ゆうた》はおっとりしている。喋《しゃべ》らせてみると全然違《ちが》うし、まとう雰囲気《ふんいき》はむしろ正反対だ。

「逆《ぎゃく》に今日多鹿《たじか》は学術《がくじゅつ》発表会で公欠……入《い》れ違《ちが》いだな」

「みてぇだな。そういや聞いたぜ？　昨日《きのう》筆箱を忘《わす》れたらしいじゃねぇか」

「頭脳戦《ずのうせん》は上田《うえだ》君が勝ったみたいだね〜。忘《わす》れた側が勝利する展開《てんかい》は久《ひさ》しぶりじゃないかな〜？」

「まあ、基本的《きほんてき》に忘《わす》れた側が不利だからな」

そんな話をしていると、見破《みやぶ》先生が教室に入ってきた。島津《しまづ》兄弟はそれぞれ自分の席へと戻《もど》っていく。

「起立、礼、着席」

挨拶《あいさつ》を済《す》ませた後、見破《みやぶ》先生が連絡事項《れんらくじこう》を話し出した。

「諸事情《しょじじょう》により、五限《げん》目の体育の授業《じゅぎょう》は私《わたし》が代理で担当《たんとう》します。授業内容《じゅぎょうないよう》は事前に聞いているので、それに沿《そ》って行います」

見破《みやぶ》先生がチラリと窓《まど》の外を見る。

「雨が降《ふ》った場合、教室で保健《ほけん》の授業《じゅぎょう》を行います。昼休みの間に体育と保健《ほけん》どちらをやるのか判断《はんだん》して伝えにきますので、それまでは着替《きが》えをせずに教室で待機していてください」

てっきり雨の場合は体育館でやるものだと思っていたが、保健《ほけん》になるらしい。他に体育館を使うクラスがあるのかもしれない。

「まあ、別にどっちでも良い……」

呟《つぶや》きかけた瞬間《しゅんかん》、不意にある事を思い出した。

冷汗《ひやあせ》が額《ひたい》に滲《にじ》む。昨日《きのう》と同じだ。

そのまま頭が真っ白になり、いつの間にか朝礼は終わっていた。すぐに島津《しまづ》兄弟が俺《おれ》の席に集まってくる。

「その顔は……まさか、二日連続とはな」

「な、なんの事だ？」

「さっきの話を聞いた後その顔してたら誰《だれ》だってすぐ分かるよ～。保《ほ》健《けん》の教科書忘《わす》れたんでしょ～？」

雄《ゆう》太《た》が言った事は図星だった。

正式な科目名は保《ほ》健《けん》体育。体育の授《じゅ》業《ぎょう》では当然体《たい》操《そう》服《ふく》がいるし、保《ほ》健《けん》の授《じゅ》業《ぎょう》では当然保《ほ》健《けん》の教科書がいる。

体育か保健《ほけん》どちらの授業《じゅぎょう》をやるかは、事前に告知されている。しかし、今日のように雨で体育ができない場合は保健《ほけん》に切《き》り替《か》わる事がある。そのため、保健《ほけん》体育の授業《じゅぎょう》がある日は体操服《たいそうふく》と保健《ほけん》の教科書、両方を持ってこなければいけなかった。

俺《おれ》はカバンが重くなるのを嫌《きら》って、毎回どちらかしか持ってきていなかった。堅中《かたちゅう》ではロッカーや引き出しに教科書を置きっぱなしにしておく、所謂《いわゆる》「置き勉」は禁止《きんし》されている。過去《かこ》に紛失《ふんしつ》や盗難《とうなん》などのトラブルがあったかららしい。今日みたいに微妙《びみょう》な天気の日は両方持ってくるべきだったが、普段《ふだん》から片方《かたほう》しか持ってきていないせいですっかり忘《わす》れていた。

「まあまあ、予報《よほう》によれば降《ふ》り出すのは夜からだろ？　多分大丈夫《だいじょうぶ》だって」

「うんうん、大丈夫《だいじょうぶ》だと思うよ〜」

島津《しまづ》兄弟が互《たが》いに目を合わせながら言った。普段頭脳戦《ふだんずのうせん》を繰《く》り広《ひろ》げる仲だ。からかわれるかと思ったが妙《みょう》に優《やさ》しい。アイコンタクトを取ったようにも見えたが、なんだ……？

「そうだよな、天気予報《よほう》の的中率《てきちゅうりつ》は大体八割《わり》くらいって言うからな！　四捨五入《ししゃごにゅう》すれば十割《わり》だもんな！」

不安な気持ちを無理やり抑《おさ》えつけるように、変なテンションで返した。

まあ、優《やさ》しくしてくれている内は問題ない。今日、二年生で保健《ほけん》体育があるクラスはうちだけだったはず。教科書を借りる事はできない。忘《わす》れ物《もの》をした側は基本的《きほんてき》に不利、しかも昨日と違って二対一……頭脳戦《ずのうせん》が始まったら厄介《やっかい》だ。

＊＊＊

――四限《げん》目終了《しゅうりょう》後――


結局、何事も無く四限《げん》目まで終了《しゅうりょう》した。授業《じゅぎょう》中しきりに窓《まど》の外を見ていたが、相変わらずの空模様《そらもよう》。今にも降《ふ》り出しそうだが、まだ降《ふ》ってはいない。

これから給食の時間。その後は昼休みを挟《はさ》んで五限《げん》目だ。頼《たの》むから、あと二時間ほど持ちこたえてくれ。

堅中《かたちゅう》では基本的《きほんてき》に、給食は自分の席で静かに食べる事になっている。数年前、感染症対策《かんせんしょうたいさく》の一環《いっかん》でこうなったらしい。

給食の配膳《はいぜん》が終わり、普段《ふだん》通り食べ始めた。今日の献立《こんだて》は麦ごはん、牛乳《ぎゅうにゅう》、サバの塩焼き、筑前煮《ちくぜんに》、わかめの味噌汁《みそしる》。食べ始めてから十分ほど経《た》った頃《ころ》、ある異変《いへん》が起きた。

壮太《そうた》が席を立ったのだ。見ると、既《すで》に給食は食べ終えている。明らかに早い、早過《はやす》ぎる。

片付《かたづ》けをさっさと済《す》ませ、足早に教室を出て行く。何か急ぎの用事でもあるのか……なんて甘《あま》い考えで見過《みす》ごすわけにはいかない。

「既《すで》に頭脳戦《ずのうせん》が始まっている可能性《かのうせい》があるな」

食べるペースを早めながら考えを巡《めぐ》らせる。壮太《そうた》は俺《おれ》が保健《ほけん》の教科書を忘《わす》れた事を知っている。頭脳戦《ずのうせん》を仕掛《しか》けてきてもおかしくない。

チラッと雄太《ゆうた》の方を見た。普通《ふつう》に食べ進めている。特段《とくだん》急いでいる様子はない。

ソロプレイってわけね……。

急いで牛乳《ぎゅうにゅう》を胃に流《なが》し込《こ》む。

壮太《そうた》の得意分野は【計画能力《のうりょく》】だ。先を見通す力や、目的達成に何が必要なのか考え出す力がとにかく優秀《ゆうしゅう》。奴《やつ》が動き出しているという事は、既《すで》に計画を終えているという事。実行を阻止《そし》しない限《かぎ》り、俺《おれ》の敗北はほぼ確定《かくてい》だ。

そこまで考えたところで、ちょうど食べ終わった。片付《かたづ》けを終えてからすぐに教室を出る。壮《そう》太《た》が教室を出てからまだ五分しか経《た》っていない。そんなに後《おく》れは取っていないはず。

「……とはいえ、壮《そう》太《た》が何をするつもりなのかまったく分からないな」

雨が降《ふ》らない限《かぎ》り、五限《げん》目の授業内容《じゅぎょうないよう》は体育だ。保《ほ》健《けん》の教科書は使わないし、俺《おれ》の忘《わす》れ物《もの》は無かった事になる。まさか、雨を降《ふ》らせるとでも言うのだろうか……？

とりあえず、今できるのは壮《そう》太《た》の行方《ゆくえ》を追う事だ。

まずは聞《き》き込《こ》み……と思ったが、廊下《ろうか》に誰《だれ》も人がいない。それもそのはず。まだ俺《おれ》たち以外に誰《だれ》も給食を食べ終えていない。

「仕方ない。とりあえず適当《てきとう》に動いてみるか」

怪《あや》しい場所を考えてみる。真っ先に思《おも》い浮《う》かぶのはグラウンドだ。体育の授業《じゅぎょう》の現場《げんば》。何か細工を施《ほどこ》す可能性《かのうせい》がある。

早歩きで階段《かいだん》を下りる。忘《わす》れ物《もの》にペナルティが設《もう》けられている事からも分かる通り、堅《かた》中《ちゅう》は校則《こうそく》が厳《きび》しい事で有名だ。廊下《ろうか》を走るなど言語道断《ごんごどうだん》。忘《わす》れ物《もの》以上に重いペナルティが科せられる。故《ゆえ》に、どれだけ急いでいたとしても校舎《こうしゃ》で走る事はない。それは壮《そう》太《た》も同じだろう。

二年生の教室は三階の南校舎《こうしゃ》にある。二階が一年生の教室で、四階が三年生の教室。各階から延《の》びる渡《わた》り廊《ろう》下《か》は北校舎《こうしゃ》に繋《つな》がっており、北校舎《こうしゃ》は一階に職員室《しょくいんしつ》と昇降口《しょうこうぐち》、残りは実技《じつぎ》科目用の教室が占《し》めている。

更《さら》に珍《めずら》しい事に、この学校は屋上も開放している。まあ、寒いし風は強いしで利用する生徒は少ないが……。

そうこうしている間に、一階に着いた。そのままの足で昇降口《しょうこうぐち》へ向かう。

「すんなり見つかってくれれば良いが……」

下駄《げた》箱《ばこ》にはダイヤル式の鍵《かぎ》が付いている。靴《くつ》の有無《うむ》で壮太《そうた》が外に出たかを確認《かくにん》する事はできない。

壮太《そうた》の計画能力《のうりょく》は天才的。早めに阻止《そし》しないと手遅《てお》くれになる。一度グラウンドまで出てしまえば大幅《おおはば》なタイムロスだ。

外まで探《さが》しに行くべきか悩《なや》んでいると、昇降口《しょうこうぐち》を出てすぐのところに人影《ひとかげ》が見えた。事《じ》務《む》員《いん》さんだ。すぐに靴《くつ》を履《は》き替《か》え、近寄《ちかよ》る。

「あの、突然《とつぜん》すみません。男子生徒がグラウンドに出て行くところを見ませんでしたか？」

給食の時間が始まってまだ十分程度《ていど》。廊下《ろうか》にも人影《ひとかげ》はなかったし、こんなに早い時間からグラウンドに出る生徒は壮太《そうた》以外にいないはずだ。

「いや〜、見てないな」

少し思い出すような仕草をした後、事務員《じむいん》さんはそう答えた。

「ありがとうございます」と礼を言い、一旦校舎《いったんこうしゃ》に引き返す。

「グラウンドまで探《さが》しに行く前で良かった……」

だが、同時に収穫《しゅうかく》も無し。壮太《そうた》の居場所《いばしょ》は依然《いぜん》として分からない。

校内をしらみ潰《つぶ》しに探《さが》す時間はないし、これからどうするか……。

「とりあえず一旦《いったん》教室に戻《もど》るしかないか」

現状《げんじょう》、できる事は何もない。こうなったら、壮太《そうた》が教室に戻《もど》ってくるのを待つだけだ。

大丈夫《だいじょうぶ》、焦《あせ》る必要はない。雨が降《ふ》らない限《かぎ》り俺《おれ》が負ける事はないはずだ。いくら壮太《そうた》の計画能力《のうりょく》が優《すぐ》れていても、神になって雨を降《ふ》らせる事はできない。できるのはせいぜい雨《あま》乞《ご》いくらいだろう。

教室に戻《もど》るため、南校舎《こうしゃ》の階段《かいだん》を上る。下りる時とは対照的に、ゆったりとした足取り。

三階の教室前に着いた後、ふと空の様子が気になった。廊下《ろうか》の窓《まど》から外をぼんやり眺《なが》める。南校舎《こうしゃ》と北校舎《こうしゃ》は中庭を挟《はさ》んで並《なら》ぶように位置している。ここからだと北校舎《こうしゃ》の全容《ぜんよう》がよく見える……。

「あ！」

その時だった。北校舎《こうしゃ》四階の廊下《ろうか》に、壮太《そうた》の姿《すがた》を発見した。なんという偶然《ぐうぜん》。どうやらこの頭脳戦《ずのうせん》、神が俺《おれ》に勝てと言っているようだ。

瞬時《しゅんじ》に思考を巡《めぐ》らせる。北校舎《こうしゃ》の四階に何の用があるのか……色々な可能性《かのうせい》を探《さぐ》ってみる。

「まさか、屋上？」

屋上への入り口は北校舎《こうしゃ》四階にしかない。加えて、雨と屋上……現実味《げんじつみ》があるかの話は一旦《いったん》置いておいて、関連はありそうだ。

俺《おれ》は走り出したくなる気持ちをぐっと堪《こら》え、早歩きで屋上へ向かった。

＊＊＊

目の前には屋上に繫《つな》がるドア。飲食物持《も》ち込《こ》み禁止《きんし》の張《は》り紙《がみ》が貼《は》られている。これも利用者が少ない理由だ。

ドアノブに手を掛《か》け、一気に開けた。途端《とたん》に冷たい風が後ろへ通《とお》り抜《ぬ》ける。

空には分厚《ぶあつ》い灰色《はいいろ》の雲。コンクリートの地面と周りを囲う鉄柵《てっさく》がどこか物寂《ものさび》しさを感じさせた。

視線《しせん》の先に一人ぽつんと佇《たたず》む人影《ひとかげ》が見えた。壮太《そうた》だ。

「随分遅《ずいぶんおそ》かったじゃねぇか」

こちらに気付いた壮太《そうた》が声を掛《か》けてくる。

「まさか勝手に頭脳戦《ずのうせん》を始めるとはな」

「天才四人衆《しゅう》のうち誰《だれ》かが忘《わす》れ物《もの》をしたら頭脳戦《ずのうせん》が始まる……当然だろ？　それとも、声を掛《か》けた方が良かったか？」

壮太《そうた》と会話を続けながら、辺りを見回す。特に不審《ふしん》な点はない。

「それで？　一体どんな妨害策《ぼうがいさく》を考えたんだ？　見た感じ、屋上に変化はないようだが……」

「戦う相手に手の内を明かすわけねぇだろ」

ダメ元で聞いてみたが、当然答えは返ってこない。

とりあえず屋上をあちこち歩き回って何かないか確認《かくにん》してみる。柵《さく》の際《きわ》や角、地面などをよく観察する。

「どうだ？　何かお目当ての物は見つかったか？」

しかし、何も見つからなかった。

壮太《そうた》が煽《あお》ってくる。先ほどから壮太《そうた》は何もしていない。なぜそんなに余裕《よゆう》があるのか？

そういえば、少し前まで壮太《そうた》は北校舎《こうしゃ》の廊下《ろうか》を歩いていた。つまり、屋上に来てからそこまで時間は経《た》っていない。では、何のために屋上に……？

その時、頭の中である考えが浮《う》かんだ。

「まさか、お前の役割はここに俺《おれ》を誘導《ゆうどう》する事か⁉」

考えてみればおかしい。壮太《そうた》が本気で俺《おれ》から姿《すがた》を隠《かく》そうとしていたなら、呑気《のんき》に廊下《ろうか》を歩くはずがない。あそこは南校舎《こうしゃ》にある廊下《ろうか》の窓《まど》から丸見えなのだ。壮太《そうた》の得意分野は計画。行動には全て意味があるはず。つまり……。

「もう一人いて、そいつが何かしている。壮太《そうた》は俺《おれ》を遠ざけるためにわざわざ屋上に誘導《ゆうどう》したんだ」

「もう一人」なんて言い方をしたが、今日来ている天才四人衆《しゅう》はあと一人しかいない……。

「チッ、もうバレたか……さすがの状況把握能力《じょうきょうはあくのうりょく》だな。だが、今から雄太《ゆうた》の居場所《いばしょ》を探《さぐ》り当《あ》てる事はできるか？」

俺は既《すで》に屋上の出口に向かって歩き出していた。現時点《げんじてん》でだいぶタイムロスだ。時間稼《かせ》ぎをしている事から察するに、手間が掛《か》かる妨害策《ぼうがいさく》なのだろう。だが、あの余裕《よゆう》そうな態《たい》度《ど》……おそらく猶予《ゆうよ》はない。昼休み終了《しゅうりょう》まで残り十五分ほど。既《すで》に手遅《ておく》れの可能性《かのうせい》もある。

「雄太《ゆうた》に一体何をさせている？　考えろ……」

屋上を出て少し歩いたところで、一旦《いったん》立ち止まった。深呼吸《しんこきゅう》を挟《はさ》み、思考を巡《めぐ》らせる。

雄太《ゆうた》の得意分野は【物作り】。巷《ちまた》では、無から何か生み出せるんじゃないかと噂《うわさ》されているほどだ。令和のエジソンなどと呼《よ》ぶ者もいる。

俺《おれ》が今一番困《こま》る状況《じょうきょう》……それは雨が降《ふ》る事。だが、雄《ゆう》太《た》も神ではない。雨を降《ふ》らせるのは不可能《ふかのう》だ。

いや、待てよ……。

「狭《せま》い範囲《はんい》ならどうだ？」

体育を行うか保健《ほけん》を行うか、判断《はんだん》するのは見破《みやぶ》先生だ。つまり、見破《みやぶ》先生に雨が降《ふ》っていると錯覚《さっかく》させれば良い。基本的《きほんてき》に、見破《みやぶ》先生は給食を食べ終えたあと職員室《しょくいんしつ》にいる。もし職員室《しょくいんしつ》の窓《まど》から外を眺《なが》めていて、上から水が落ちてきたら……。

「憶測《おくそく》の域《いき》を出ないが、時間がない。向かうべきは、職員室《しょくいんしつ》の真上にある教室だ」

職員室《しょくいんしつ》があるのは北校舎《こうしゃ》一階。真上に位置するのは、二階なら音楽室、三階なら理科室、四階なら美術室《びじゅつしつ》だ。

「くそ、三択《たく》かよ……」

残念ながら、ここからは運ゲーだ。壮太《そうた》は俺《おれ》を遠ざける場所として、屋上を選んだ。普《ふ》通《つう》に考えれば屋上から一番遠い二階の音楽室を選ぶべきだが、相手は壮太《そうた》。それさえブラフの可能性《かのうせい》がある。だとすると、理科室か美術室《びじゅつしつ》かの二択《たく》……。

考える間も惜《お》しい。俺《おれ》はすぐに決断《けつだん》を下した。足早に階段《かいだん》を下りる。

選んだのは三階の理科室。特に理由はない。勘《かん》だ。

三階に下り廊下《ろうか》を進み、理科室前へと辿《たど》り着《つ》く。そして勢《いきお》い良くドアを開けた。

「ビンゴ」

視《し》線《せん》の先にあったのは開けっ放しにされた理科室の窓《まど》。その窓際《まどぎわ》に何かの装置《そうち》が取り付けられており、スプリンクラーのように真下に水を散布《さんぷ》している。

すぐに窓《まど》のところまで行き、顔を出して下を見た。シャワー状《じょう》に水が降《ふ》り注《そそ》ぎ、地面を広範囲《こうはんい》で濡《ぬ》らしている。今にも降《ふ》り出しそうな空模様《そらもよう》も相まって、職員室《しょくいんしつ》から見る分には雨が降《ふ》っているように見えてもおかしくない。

装置《そうち》は理科室の水道にホースで繋《つな》がれていた。元栓《もとせん》である水道の蛇口《じゃぐち》を捻《ひね》る。すると、装置《そうち》は水の散布《さんぷ》を止《や》めた。

「あ～、これはやられちゃったね～」

直後、背後《はいご》から声が聞こえた。振《ふ》り返《かえ》ると、理科室の入り口に雄太《ゆうた》が立っていた。ハンカチで手を拭《ふ》いているのを見るに、ちょうどトイレにでも行っていたのだろう。

「とりあえず、これで雨は止《や》んだ。あとは見破《みやぶ》先生次第《しだい》だ。さっさと教室に戻《もど》るぞ」

装置《そうち》は止まったが、一瞬偽《いっしゅんにせ》の雨が降《ふ》っていた事に変わりはない。その間に見破《みやぶ》先生が判《はん》断《だん》を下している可《か》能《のう》性《せい》がある。

俺《おれ》の提案《ていあん》に対し、雄太《ゆうた》は「観念した」と言わんばかりの顔で頷《うなず》いた。二人で理科室を出る。すると、すぐそこに壮太《そうた》もいた。必死で気付かなかったが、屋上を出てからずっとあとをつけられていたらしい。

「すぐに当たりを嗅《か》ぎつけるとかマジかよ。あれだけ時間を稼《かせ》いだ時点で勝ちだと思ったのに……一体どうやったんだ？」

「職員室《しょくいんしつ》の真上って事までは何とか思い付いたが、あとは勘《かん》だ」

教室まで一緒《いっしょ》に戻《もど》りながら話す。ここまで来たら、お互《たが》いやれる事はもうない。

「それより、お前たちはどうやって連携《れんけい》してたんだ？　今日一日を通して、二人がコソコソ話し合ってる場面なんてなかったぞ？」

俺《おれ》が雄太《ゆうた》からマークを外したのは、給食を食べるスピードが遅《おそ》かったからだ。対照的に、壮太《そうた》が馬鹿《ばか》みたいに早く食べる事で注意を引く……この時点で頭脳戦《ずのうせん》は始まっていた。つまり、それ以前から互《たが》いに計画内容《ないよう》を把握《はあく》し、連携《れんけい》できる状態《じょうたい》だった事になる。しかし、一限《げん》目から四限《げん》目までの間、休み時間は毎回俺《おれ》含《ふく》め三人で他愛《たわい》もない話をしていた。計画を打ち合わせる時間なんて無かったはずだ。

「いつか頭脳戦《ずのうせん》に使えると思って隠《かく》してたんだけどよ、実は俺《おれ》たち兄弟には特殊能力《とくしゅのうりょく》みてぇなものがあるんだ」

壮太《そうた》がニヤニヤしながら言った。

「僕《ぼく》たちは目を合わせるだけで、互《たが》いに何を考えてるのか大体分かるんだよ〜。読心術《どくしんじゅつ》みたいな感じでね〜。兄ちゃんが、俺《おれ》が時間を稼《かせ》ぐからなんとかしろって考えてたから僕《ぼく》はなんとかしただけ〜」

「は？　何だそれ……」

相変わらず能天気《のうてんき》に喋《しゃべ》っているが、内容《ないよう》はかなりヤバい。読心術《どくしんじゅつ》どころか、それはもう超能力《ちょうのうりょく》だ。

「おいおい、身近にこんな超人《ちょうじん》がいたのか」

「その超人《ちょうじん》に勝ったのがお前だ」

「いや、まだ勝ったかは分からない」

「僕《ぼく》たち兄弟の連携《れんけい》を前にここまでされたら、もはや勝ってるようなものだけどね〜」

島津《しまづ》兄弟が笑いながら話す。

もはや天才とかそういう次元の話でもない気がするが、実際《じっさい》にできているのだから信じる他ない。島津《しまづ》兄弟の思考共有能力《のうりょく》……今後の頭脳戦《ずのうせん》で猛威《もうい》を振《ふ》るう可能性《かのうせい》が高いため、覚えておく必要がある。というか、衝撃的《しょうげきてき》過《す》ぎて忘《わす》れられないだろう。

「そういや、壮太《そうた》はなんで俺《おれ》に見つかったんだ？　誘導《ゆうどう》したかったのは分かるが、ずっと隠《かく》れていればそもそもお前たちの連携《れんけい》に気付く事さえできなかった」

あの時壮太《そうた》を見つけていなければ、俺《おれ》は今でもずっと教室で待機していただろう。島津《しまづ》兄弟の作戦は最後まで上手《うま》くいっていたはずだ。

「実は、俺《おれ》もお前を見失ってたんだよ。計画では、お前は最初グラウンドに向かうはずだった。だからグラウンドが見える位置にいたんだが、お前は一向に現《あらわ》れない。計画通りにいかず不安になった俺《おれ》は、再《ふたた》びお前を捕捉《ほそく》するために顔を出したってわけだ。既《すで》にそれなりに時間は稼《かせ》げてたし、あえて見つかる事で誘導《ゆうどう》もできるからな」

どうやら、俺《おれ》が最初にグラウンドへ向かう事すら計画の内だったらしい。事務員《じむいん》さんに出会えたのは幸運だった。おかげで壮太《そうた》の計画にズレが生じた。計画通りにいかず不安になる……計画能力《のうりょく》が優《すぐ》れ過《す》ぎるが故《ゆえ》の弊害《へいがい》だ。

話しながら歩いているうちに、二年二組の教室に戻《もど》ってきた。校内中を歩き回って疲《つか》れた。休もうと自分の席に着いた瞬間《しゅんかん》、見破《みやぶ》先生が教室に入ってくる。

見破《みやぶ》先生はトレーニングウェアに着替《きが》えていた。

「先ほど少し雨が降《ふ》っていたようですが、すぐに止《や》みました。グラウンドの状態《じょうたい》も悪くないので、予定通り外で体育をやります」

見破《みやぶ》先生の言葉に、クラスメイトたちは不思議そうな顔をする。雨が降《ふ》っていたのは職《しょく》員室《いんしつ》の前だけ。実際《じっさい》に雨は降《ふ》っていないし、当然グラウンドが雨でぐちょぐちょ……なんて事もない。

見破《みやぶ》先生は気にせず続ける。

「各自体操服《たいそうふく》に着替《きが》えて、グラウンドに集……」

俺《おれ》にとっての勝利宣言《せんげん》。先生がそう言いかけた時だった。

見破《みやぶ》先生が何かに気付いた様子で窓《まど》に目をやった。つられて視線《しせん》を動かす。よく見ると、窓《まど》に水滴《すいてき》が付いていた。徐々《じょじょ》に聞こえてくる雨音。

「予定変更《へんこう》です。今日の五限《げん》目は保健《ほけん》の授業《じゅぎょう》をやります」

まさかのどんでん返しに、俺《おれ》の目は窓《まど》の外に釘付《くぎづ》けにされた。

紛《まご》う事なき天然の雨。どうやら、最悪のタイミングで降《ふ》り出したらしい。

見破《みやぶ》先生が足早に教室を出て行く。トレーニングウェアを着替《きが》えに行くのだろう。

放心状態《じょうたい》の俺《おれ》に、島津《しまづ》兄弟が近寄《ちかよ》ってきた。

「お前はよくやったよ」

「僕《ぼく》たちの勝ちとは言えないし、今回は天気の神様の一人勝ちかな〜」

憐《あわれ》みの目を向けてくる。

「天気予報《よほう》の的中率《てきちゅうりつ》は八割《わり》……何で四捨五入《ししゃごにゅう》とか馬鹿《ばか》な事言ってたんだろ。残り二割《わり》はちゃんと外れるじゃないか」

それが忘《わす》れ物《もの》を自白しに行く前の、最後の言葉になった。

放課後、俺《おれ》はペナルティとして教室の掃除《そうじ》をさせられる事になった。無論《むろん》、床《ゆか》をほうきで一通り掃《は》いて終わり……なんて甘《あま》いものじゃない。机《つくえ》と椅子《いす》を全部どけて、雑巾《ぞうきん》がけまで行う。

ペナルティには島津《しまづ》兄弟も付き合ってくれた。普段《ふだん》から、頭脳戦《ずのうせん》で誰《だれ》かが敗れてペナルティを負う事になっても、勝者はそれを手伝うようにしている。天才四人衆《しゅう》がやりたいのは頭脳戦《ずのうせん》。ペナルティを受ける敗者を見て笑うような趣味《しゅみ》はない。

「雨止《や》まないね～」

「むしろ強くなってやがるな」

「明日から天気予報《よほう》を確認《かくにん》するニュース番組、変えようかな……」

黙々《もくもく》とやった方が早く終わるが、退屈《たいくつ》なので喋《しゃべ》りながらやる。

「あ、そういえば俺傘忘《おれかさわす》れたわ」

壮太《そうた》がハッとした表情《ひょうじょう》で言った。

「あ、僕《ぼく》もだ～」

続けて雄太《ゆうた》も同じような表情《ひょうじょう》をする。

「お前ら、折《お》り畳《たた》み傘《がさ》ぐらい常《つね》にカバンに入れとけよな」

俺《おれ》がそう言った途端《とたん》、二人が鋭《するど》い目つきで見つめてきた。

「な、なんだよ……？」

「保健《ほけん》の教科書を忘《わす》れてペナルティ食《く》らってる人が言う台詞《せりふ》じゃないよね～？」

その後ペナルティを終えた俺《おれ》たちは、三人で一つの傘《かさ》を差して帰る事になった。当然、折《お》り畳《たた》み傘《がさ》に三人収《おさ》まるわけがない。全員ずぶ濡《ぬ》れになり、翌日《よくじつ》俺《おれ》だけが風邪《かぜ》を引いた。

こうして、今回の頭脳戦《ずのうせん》は俺《おれ》の大敗北で幕《まく》を下ろした。

三戦目

『写真の配置図』

「さて、あと一人どうするか……」

五限《げん》目、二年生は全員体育館に集められていた。

三日後、近所にある【堅野《かたの》商店街】でイベントがある。何でも、商店街の周年を記念しての事らしい。

商店街イベントに、俺《おれ》たち堅野《かたの》学院中学校二年生は全員参加する事になっていた。具体的には、オブジェやアートなどの作品を作り、商店街に展示《てんじ》する。大きさなど細かい制限《せいげん》はあるものの、作品の内容《ないよう》は自由。グループごとに個性《こせい》があった方が、見に来てくれる人も面白《おもしろ》いだろう、との事。

グループは自由に組む事ができる。しかも今回はクラス内だけでなく、体育館に集まっている二年生の中から誰《だれ》とでも好きなように。一年生から二年生への進級で離《はな》ればなれになった者同士でも一緒《いっしょ》にグループを組む事ができるため、皆浮《みんなう》かれていた。

当然、商店街に置ける作品の数には限《かぎ》りがある。一グループにつき、一作品。グループ数を確定《かくてい》させるため、一グループ五人と決められていた。これが多くても少なくても駄目《だめ》というのだから、天才四人衆《しゅう》は困《こま》らされている。

「僕《ぼく》たちと一緒《いっしょ》に組みたい人とかいるのかな〜」

「多分いねぇだろ。こっちから探《さが》しに行くしかねぇ」

今日は天才四人衆《しゅう》が全員揃《そろ》っていた。

俺《おれ》、多鹿《たじか》、壮太《そうた》、雄太《ゆうた》の四人で組む事までは確定《かくてい》しているが、あと一人足りない。そして、その一人こそが難《むずか》しいのだ。

天才四人衆《しゅう》は他の生徒から敬遠《けいえん》されている。別に嫌《きら》われているとか、嫌《いや》がらせを受けているとか、そういうわけではない。ただ、「なんかすごい人たち」というフィルター越《ご》しに見られるせいで、親近感を持たれにくいのだ。おかげで四人とも天才四人衆《しゅう》以外に友達と呼《よ》べる生徒はいなかった。

「とりあえず、まだ一人でいる人に片《かた》っ端《ぱし》から声掛《か》けてみるか！」

多鹿《たじか》は話術《わじゅつ》が得意であるため、一人だけ前向きだった。

ちなみに、多鹿《たじか》でさえ交友関係を築《きず》くのは難《むずか》しいらしい。最初は良い雰《ふん》囲《い》気《き》で会話できるものの、長続きしないという。

もたついている間にも、徐々《じょじょ》に周りでグループが形成されていく。そんな中、一人だけ目立っている男子生徒がいた。

大声で「誰《だれ》か余《あま》ってる人いませんか～！」と叫《さけ》んでいる。見たところ、まだ一人のよう。

しばらく様子を窺《うかが》っていると、「加藤《かとう》、なんであんなに張《は》り切《き》ってるんだろうな？　悪い奴《やつ》じゃないんだけど、熱量があり過《す》ぎて一緒《いっしょ》にやりづらい」や「迷惑《めいわく》かけちゃったら申《もう》し訳《わけ》ないしな……」など近くでヒソヒソと話す声が聞こえた。なるほど、加藤《かとう》というらしい。

「彼《かれ》に声を掛《か》けてみるか」

気が付けば、そう声を発していた。

「大丈夫《だいじょうぶ》なのか？　なんかすげぇ張《は》り切《き》ってるぞ？」

「だからだよ。ただの商店街イベントにしては必死過《す》ぎる。何かワケがありそうだ」

あれだけ必死に人を集めているのだ。俺《おれ》たちが声を掛《か》けても断《ことわ》られるリスクは低いだろう。それに、見ていてなんとなく手伝ってやりたい気分になった。

「加藤《かとう》君だったよね？　良かったら、僕《ぼく》たちと一緒《いっしょ》に組もうよ！」

そうと決まれば、早速《さっそく》多鹿《たじか》が声を掛《か》けに行く。

声を掛《か》けられた加藤《かとう》は「え？」と驚《おどろ》いた声を発し、多鹿《たじか》に手を引かれてこちらに来た。

「一人なんだろ？　俺《おれ》たちもちょうど四人なんだ。一緒《いっしょ》に組まねぇか？」

「いや、四人っていうか天才四人衆《しゅう》の方々じゃないですか……」

壮太《そうた》の威圧的《いあつてき》な口調も悪いが、いきなり「方々」なんて言われている。同い年なのに随《ずい》分《ぶん》よそよそしい。

「そんなに畏《かしこ》まらなくて良い。お互《たが》い同学年だしな。あと、壮太《そうた》は口調こそ荒々《あらあら》しいがこれで平常《へいじょう》運転だ。別に怒《おこ》ってるわけじゃないから安心してくれ」

とっさに説明した。加藤《かとう》は「そうなんですね」と安心した様子で返す。

「俺《おれ》ってそんなに威圧的《いあつてき》なのか？」

「自覚がないところが困《こま》りものだよね～」

弟に茶化《ちゃか》される兄。加藤《かとう》の表情《ひょうじょう》も少し緩《ゆる》んだように見えた。

「でも、本当に良いんですか？　僕《ぼく》じゃ多分足手まといですけど……」

謙遜《けんそん》に敬語《けいご》……「畏《かしこ》まらなくて良い」と言ったそばから全然直っていない。まあ、これ以上指摘《してき》して怖《こわ》がらせてしまったら申《もう》し訳《わけ》ないので放っておく。

「安心しろ。こういうのはやる気があれば何とでもなる。とりあえず、よろしくな」

これで五人集める事には成功した。

「加藤《かとう》君は何であんなに一生懸命《いっしょうけんめい》に人を集めてたの？」

「ああ、それはですね……」

多鹿《たじか》の質問《しつもん》に加藤《かとう》が答えようとした時だった。

「そこの五人、グループが組めたならこっちに来てください」

遠くで見破《みやぶ》先生が俺《おれ》たちを呼《よ》んだ。グループを登録する必要があるのだろう。

「呼《よ》ばれてますね。じゃあ、行きましょうか」

話を一旦中断《いったんちゅうだん》させ、見破《みやぶ》先生のもとへと向かった。

＊＊＊

五限《げん》目が始まってから二十分ほど経《た》った。全員無事グループを組み終え、見破《みやぶ》先生による説明が始まった。どうやらこのイベント、見破《みやぶ》先生が教師陣《きょうしじん》のリーダーらしい。

説明を聞き終え、早速《さっそく》作品の考案や制作《せいさく》に移《うつ》る。商店街イベントへの参加は急に決まったらしく、準備《じゅんび》期間は今日含《ふく》めて三日しかない。大掛《おおが》かりな作品は難《むずか》しいだろう。

「加藤《かとう》、お前の案を聞かせてみろ」

早速壮太《そうた》が加藤《かとう》に声を掛《か》けた。

「え？　僕《ぼく》の案ですか？」

「ああ、何か案がありそうって顔してたからな」

加藤《かとう》は壮太《そうた》に対してだけ、特に緊張《きんちょう》があるらしい。壮太《そうた》の口調が柔《やわ》らかくならない限《かぎ》り、二人が打《う》ち解《と》けるには時間が掛《か》かりそうだ。

加藤《かとう》は必死に人集めをしていた。つまり、それだけこのイベントに対してやる気を持っているという事。案の一つや二つくらいは持ってきているはず。おそらく、壮太《そうた》の思考はこんな感じだ。

「皆《みな》さんに納得《なっとく》していただけるか分かりませんが、一応《いちおう》あるにはあります」

「どんなのでも良いから、聞かせてよ！」

加藤《かとう》はポケットから一枚《いちまい》の写真を取り出した。写真には堅中《かたちゅう》の校舎《こうしゃ》が正面から写されていた。

「写真を使ったモザイクアート……なんてどうでしょう？」

モザイクアートというのは、小さな絵や写真を寄《よ》せ合《あ》わせて大きな絵を作り上げるアートの事だ。

「モザイクアートを作るには、大量の写真がいるよね〜。三日間で用意するのは大変じゃない〜？」

「実は、写真はもう撮《と》ってあるんです。商店街やうちの学校を始めとした、堅野《この》辺《へ》地域の写真で揃《そろ》えました。写真は教室に置いてあります」

モザイクアートに必要な色を写真で揃《そろ》えなければならない。ただ大量に撮《と》ってくれば良いというわけではないため、一人で用意するには相当な労力を要しただろう。

「それじゃあ皆《みんな》で教室に写真を取りに行くか」

俺《おれ》が言うと、加藤《かとう》は驚《おどろ》いたような表情《ひょうじょう》を見せた。

「え、僕《ぼく》の案で決まりで良いんですか？」

「まあ、その話は教室に行きながらしよう」

加藤《かとう》は何の事か分かっていない様子。

「写真はもう撮《と》ってあるんです」などと言われた後で、その案を却下《きゃっか》する事なんてできない。この時点でモザイクアート案の採用《さいよう》は確定《かくてい》だ。あと気になる点があるとすれば、なぜ加藤《かとう》がそこまで熱量を持っているのか……。

俺《おれ》たち五人は見破《みやぶ》先生に許可《きょか》を取り、体育館を出た。

「それで？　人集めの時といい、やけに張《は》り切《き》ってるじゃないか」

廊下《ろうか》を歩きながら話を切り出した。続けて質問《しつもん》する。

「良かったら、さっき話そうとしてた続きを聞かせてくれないか？」

気まずいのか、加藤《かとう》は少し間を置く。そして、俺《おれ》たちの少し先を歩きながら話し始めた。

「僕《ぼく》にはかなり歳《とし》の離《はな》れた兄がいるんです。海外で仕事をしていて、普段《ふだん》は会えなくて……でも、今度数年ぶりに帰ってくるそうなんです」

加藤《かとう》はそう言ってポケットからまた写真を一枚《いちまい》取り出した。先ほどとは別の写真。青空を背景《はいけい》に青いシャツを着た一人の男性《だんせい》が写っている。おかげで写真は全体を通して青っぽく見えた。眼鏡《めがね》こそ掛《か》けているが、何となく顔つきが加藤《かとう》と似《に》ているような気がする。

「なるほど。お兄さんの帰国期間中に商店街のイベントがあるんだね？」

「はい、だから兄に良いところを見せたくて張《は》り切《き》っちゃってたんです。こんなの、皆《みな》さんにとっては無関係ですし、迷惑《めいわく》ですよね……」

申《もう》し訳《わけ》なさそうに喋《しゃべ》る加藤《かとう》。すると、いきなり壮太《そうた》が口を出した。

「迷惑《めいわく》ならお前とグループなんか組んでねぇよ。むしろ話してくれて良かった。おかげでイベントに熱意を持って取り組めそうだ」

意外だ。壮太《そうた》にしては気の利《き》いた発言。

「あ、ありがとうございます！」

加藤《かとう》は嬉《うれ》しそうに返事をする。対して、壮太《そうた》はなぜ礼を言われているのか分かっていない様子。おそらく、ただの本心だったのだろう。

話している間に、教室へと辿《たど》り着《つ》いた。加藤《かとう》は二年一組の教室に入って行く。一組の生徒だったらしい。

加藤《かとう》はロッカーから大きめのアルバムを取り出してきた。

「ほら、これ見てください」

戻《もど》った後こちらにアルバムの中身を見せてくる。

確《たし》かに、写真には見覚えのある風景ばかり写っていた。全部この辺りで撮《と》られたものだ。

全体的に白っぽい写真ばかり。どうやら、完成予定の絵は白色の部分が多いらしい。

「何でこの辺の風景に拘《こだわ》ってるのか気になってたけど、大賞を狙《ねら》ってるわけか！」

「ああ、そういやそんなのあったな」

多鹿《たじか》の台詞《せりふ》で思い出した。

イベントの最後。閉会式《へいかいしき》では、商店街関係者が作品の中から一つ大賞を選んで表彰《ひょうしょう》する事になっている。加藤《かとう》が言っていた「良いところを見せる」というのは、つまるところ大賞受賞を指しているのだろう。

「商店街関係者はお年寄《としよ》りの方ばかりで、昔から長くここに住んでる分地元愛も強いだろうし、良いアプローチになるかもね！」

「はい！」

多鹿《たじか》に褒《ほ》められて嬉《うれ》しい様子。

そんな中、物作りの天才である雄太《ゆうた》は何かに気付いたようだった。

「このアルバムの写真、結構枚数《けっこうまいすう》がありそうだね～。三日でギリギリ完成するかどうかってとこかな～？」

準備《じゅんび》期間は三日しかない。大賞を目指すなら大掛《おおが》かりな作品の方が良いだろうが、間に合わなければ意味がない。

「モザイクアートにする関係上、どうしても大量の写真が必要で……順調に行けば期日には間に合うと思います」

「なるほど、それなら大丈夫《だいじょうぶ》そうだね～。ちなみに配置図は～？」

「写真の配置図は、このアルバムの一番前のページに挟《はさ》んでいて……」

そう言ってアルバムの一番前のページを開く加藤《かとう》。

「……ん？　どこにも見当たらねぇぞ？」

だが、それらしきものは一切《いっさい》出てこなかった。

「あれ？　おかしいな……」

一旦《いったん》アルバムを俺《おれ》に預《あず》け、ロッカーの方へと向かう。そしてロッカーの中を引《ひ》っ掻《か》き回《まわ》すように探《さが》す。

あの焦《あせ》り様……普《ふ》段《だん》忘《わす》れ物《もの》をしまくっている天才四人衆《しゅう》は一瞬《いっしゅん》で勘《かん》付《づ》いた。

「ない……」

しばらくして、か細い声が聞こえた。

「すみません、皆《みな》さん。忘《わす》れたのか失《な》くしたのか……配置図が見当たりません」

戻《もど》ってきてから今にも泣きそうな声で言う。失《な》くしたか忘《わす》れたかなんて関係ない。どちらにせよ、初日から作業を始められなければ完成が間に合わない。

「せっかく天才四人衆《しゅう》の皆《みな》さんが手伝ってくれるのに、結局僕《ぼく》は足を引《ひ》っ張《ぱ》って……」

「何言ってんだ、加藤《かとう》」

俺《おれ》は加藤《かとう》の言葉を遮《さえぎ》った。正直、かなり危機《きき》的《てき》な状況《じょうきょう》。だが、俺《おれ》はこの状況《じょうきょう》にあまり危《き》機感《かん》を抱《いだ》いていなかった。

「こういう時のために俺《おれ》たちがいるんだよ。悪いが、得意分野だ」

「それ、誇《ほこ》れる事なのかな？」

「物作りなら僕《ぼく》の出番だね〜」

「スケジュール立てと時間管理なら任《まか》せろ」

今までいくつの忘《わす》れ物《もの》をごまかしてきたか……無い物を何とか工面するのは、俺《おれ》たちが普段《ふだん》やっている忘《わす》れ物《もの》頭脳戦《ずのうせん》と同じだ。しかも、今回は天才四人衆《しゅう》全員での協力プレイ。妨害《ぼうがい》してくる奴《やつ》もいない。正直、何とかなる気しかしなかった。

＊＊＊

体育館に戻《もど》り、それぞれが動き出す。他のグループはまだ計画中のところがほとんどだったが、俺《おれ》たちには時間がない。

体育館へと戻《もど》る道中、まず壮太《そうた》が指示《しじ》を出した。計画の天才。これ以上の適任《てきにん》はない。

「加藤《かとう》君、写真は各色何枚《なんまい》ずつ用意してあるのかな〜？」

配置図を考え直すのは雄太《ゆうた》と加藤《かとう》。加藤《かとう》は写真の内容《ないよう》を把握《はあく》しているし、雄太《ゆうた》は物作りの天才だ。俺《おれ》、多鹿《たじか》は作業担当《たんとう》。時間的に、配置図を考えながらでも手を動かさないと間に合わない。

「なるほどね〜。今から配置図を考え直すにしても元の図案通りとはいかないな〜。縮小《しゅくしょう》した構図《こうず》で考えようか〜」

加藤《かとう》から写真の情報《じょうほう》を聞いた雄太《ゆうた》が、いつもと変わらず呑気《のんき》な口調で言った。

「配置図を最初から考え直すなんて、本当にできるんですか？」

「加藤《かとう》、そいつをそんなに舐《な》めない方が良い。俺《おれ》たち天才四人衆《しゅう》の中でも物作り特化の奴《やつ》だ。多分、既《すで》に脳内《のうない》では完成してる」

壮太《そうた》の説明に、加藤《かとう》は驚《おどろ》きを見せる。思考を共有できる兄が言っているのだ。誇張《こちょう》でも何でもない。

最初に見せてもらった堅中校舎《かたちゅうこうしゃ》の写真。あれが完成形の絵だったらしい。校舎《こうしゃ》の色は白。どうりで白っぽい写真が多かったわけだ。

「どれくらい縮小《しゅくしょう》する事になりそうだ？」

「二択《たく》だね～。ギリギリを攻《せ》めるなら、完成形のサイズは元のサイズの四分の三。安定を取るなら三分の二ってところかな～」

作品の見栄《みば》えを重視《じゅうし》するなら四分の三だが、間に合わないリスクがある……。

俺《おれ》は壮太《そうた》の目を見た。ここで決断《けつだん》を下せるのは、こいつしかいない。

「雄太《ゆうた》、ギリギリだが間に合うんだな？」

「うん、何のアクシデントも起こらなければだけどね～」

「じゃあ、四分の三のサイズで進めよう。万が一の時は……」

壮太《そうた》が多鹿《たじか》の方をチラッと見る。気付いた多鹿《たじか》は静かに頷《うなず》いた。

なるほど、多鹿《たじか》の交渉術《こうしょうじゅつ》か。もしギリギリ間に合わなかったとしても、何とか作業時間を延長《えんちょう》してもらえるよう説得できるかもしれない。一応安全弁《いちおうあんぜんべん》も考慮《こうりょ》した上での決断《けつだん》というわけだ。

「それじゃあ、早速《さっそく》作業を始めていこう～。加藤《かとう》君、僕《ぼく》が紙に配置図を描《か》いていくから、おかしなところがあったら言ってね～」

そうして、五人はそれぞれ作業に入っていった。時間管理や全体の指揮《しき》は壮太《そうた》がしてくれている。俺《おれ》と多鹿《たじか》は写真にのりを付け、台紙に貼《は》っていく作業。雑務《ざつむ》ではあるが、もちろん気を抜《ぬ》く事はできない。作業の手が遅《おそ》ければ完成が間に合わないし、写真の貼《は》り方《かた》が汚《きたな》ければそのまま作品のクオリティに直結する。ある意味一番重要なポジションと言って良い。

——二日目——

「家に帰って探《さが》してみたらありました。やっぱり忘《わす》れてたみたいです」

作業二日目、昨日《きのう》と同じように体育館に集まっていた。加藤《かとう》が元の配置図を雄太《ゆうた》に手渡《てわた》す。

「壮太《そうた》、進捗《しんちょく》はどうだ?」

「予定より若干《じゃっかん》遅《おく》れているが、この程度《ていど》なら巻《ま》き返《かえ》せるだろう」

壮太《そうた》の言葉とは裏腹《うらはら》に、モザイクアートは全体の三分の一も進んでいない。しかし、昨日雄太《きのうゆうた》が加藤《かとう》から写真を預《あず》かって、家で配置図を考えてきてくれた。今日加藤《かとう》が持ってきた配置図と見比《みくら》べてみると、縮小《しゅくしょう》されている部分以外相違点《そういてん》はない。さすがだ。

これにより、作業効率《こうりつ》は大幅《おおはば》にアップする。壮太《そうた》が言った通り、ギリギリ間に合いそうだ。

黙々《もくもく》と作業を進める。既《すで》に配置図は完成しているため、全員で作業に当たる。

「あのさ……」

そんな中、不意に多鹿《たじか》が口を開いた。

「僕《ぼく》たち天才四人衆《しゅう》って、周りからどう見られてるの?」

かなり切《き》り込《こ》んだ質問《しつもん》。当然、加藤《かとう》に向けられたものだ。

「え、そうですね……」

加藤《かとう》は答えにくそうにする。俺《おれ》は「別に本当の事言って大丈夫《だいじょうぶ》だぞ。どうせ加藤《かとう》から聞かなくても何となく察してる部分はあるからな」と声を掛《か》けた。

他生徒との溝《みぞ》……天才四人衆《しゅう》が学校生活で最も気にしている点だ。クラスメイトからは避《さ》けられるし、二年生になって未《いま》だに天才四人衆《しゅう》以外友達がいない。正直、俺《おれ》も気になる。

「天才四人衆《しゅう》の皆《みな》さんは、雲の上の存在《そんざい》って感じです。この学校は全国でトップの偏差値《へんさち》で、そんな学校に通ってる僕《ぼく》らですらまったく手が届《とど》かないんですから。今や天才四人衆《しゅう》の名は他の学校にまで轟《とどろ》いているほどです」

定期試験の結果は毎回俺《おれ》たちが一位から四位までを独占《どくせん》している。しかも、四位と五位にはかなりの大差がつく。無論《むろん》、堅中《かたちゅう》の試験はかなり難《むずか》しい。普通《ふつう》に勉強しているだけでは五十点も取れないだろう。教科書に書いてある内容《ないよう》に加え、発展《はってん》問題や応用《おうよう》問題も多数出題されるのだ。そんな試験で毎回満点近くを取っている俺《おれ》たちは、確《たし》かに異質《いしつ》かもしれない。

「僕《ぼく》もこうして皆《みな》さんとお話しするまでは近づきがたい印象がありました。あまりに知能《ちのう》が違《ちが》い過《す》ぎて、会話が成立するかどうかも自信なくて……」

「いやいや、それは言《い》い過《す》ぎでしょ！　いくら学力が高いからって同じ人間なんだからさ」

多鹿《たじか》が笑って返す。どうやら俺《おれ》たちが思っているより、他生徒との溝《みぞ》は深そうだ。

それから、またしばらく無言で作業する時間が続いた。

モザイクアートは既《すで》に半分くらい完成していた。このペースなら明日には完成するだろう。


――三日目――


今日が最終日。周りを見回すと、各グループ色んな作品を作り上げていた。馬鹿《ばか》でかいぬいぐるみや絵、何かの像《ぞう》など種類は様々……。

「さて、じゃあ頑張《がんば》って仕上げますか！」

二日目と同様に作業を始める。

モザイクアートは既《すで》に形を成してきていた。他の生徒が見てもこれが堅中《かたちゅう》の校舎《こうしゃ》だと分かるだろう。

「このペースなら間に合いそうだな」

作業しながら呟《つぶや》いたその時だった。

目の前のモザイクアートを眺《なが》めていて一つある疑問《ぎもん》が浮《う》かんだ。

「おいこれ、間違《まちが》えてないか？」

モザイクアートの一部を指差す。

校舎《こうしゃ》の部分は基本的《きほんてき》に白っぽい色の写真が使われている。しかし、ぽつんと青っぽい色の写真が配置されていた。遠目で見たらかなりの違和感《いわかん》だ。

「本当だ、そこは間違《まちが》えてるね〜。青っぽい写真だから本来は空の部分に貼《は》る予定だったんじゃないか〜？」

「ああ、そこ貼《は》ったの僕《ぼく》です！　すみません……」

すぐに加藤《かとう》が名乗り出た。誰《だれ》が見ても分かるくらい申《もう》し訳《わけ》なさそうな顔をしていた。

「まだ貼《は》ってそう時間は経《た》ってねぇだろ？　ゆっくり剥《は》がしてみたらどうだ？」

「いや、それは止《や》めといた方が良いね～。台紙が破《やぶ》れでもしたらマズいし～」

順調に進行していた最中《さなか》、突如訪《とつじょおとず》れたアクシデント。

「雄太《ゆうた》、ここから修正《しゅうせい》するにはどうすれば良い？」

「間違《まちが》えて貼《は》ってしまった写真の上から正しい写真を貼《は》れば良いよ～」

修正案《しゅうせいあん》は意外にも簡単《かんたん》なものだった。しかしそれでは……。

「写真が一枚《いちまい》足りなくなる……って事は無いよな？」

「さすが上田《うえだ》君、問題点を見逃《みのが》さないね～」

呑気《のんき》に言っている場合ではない。

空の部分は縮小《しゅくしょう》していない。つまり、元の配置図と同じ。写真の余《あま》りは出ない。

その時、俺《おれ》はある事に気が付いた。全員の手が止まってしまっている。この段階《だんかい》まで来たらいちいち壮太《そうた》に聞かなくても分かる。完成は思ったよりもギリギリになるだろう。このままでは間に合わない。

「皆《みんな》は他の部分の作業を進めてくれ。俺《おれ》が修正《しゅうせい》する方法を考えてみる」

とっさに言ってしまった。だが、今はこれが最善《さいぜん》の手のはずだ。

「いや、ここは失敗した僕《ぼく》が……」

加藤《かとう》が言い出したのを、壮太《そうた》が制《せい》した。

「頼《たの》んだぞ。発想力ならお前が適任《てきにん》だ」

そして、俺《おれ》以外の四人は再《ふたた》び作業に戻《もど》る。考えるのは一人に任《まか》せて手を動かすべきだとすぐに理解《りかい》したようだ。

「さて……」

俺は手を止めて考えるのに集中する。

足りないのは青を基調《きちょう》とした写真だ。当然他の写真で代用は利《き》かない。ならば、今から写真を撮《と》りに行くか？　いや、カメラがないから無理だ。つまり、青色の写真を調達してくる必要がある。しかし、青色の写真なんてそう簡単《かんたん》に……。

「待てよ」

ふと思い出した。青色の写真をどこかで見た気がする。それもつい最近。全力で思い出しにかかる。

「あ、加藤《かとう》のお兄さんだ！」

しばらく経《た》って思い出した瞬間《しゅんかん》、思わず叫《さけ》んでしまった。加藤《かとう》が「えっ?」とわけが分からないといったような顔で反応《はんのう》する。

「一昨日《おととい》見せてくれた加藤《かとう》のお兄さんの写真だよ。あれなら代用できるんじゃないか?」

加藤《かとう》は俺《おれ》の考えを理解《りかい》したようで、ポケットから例の写真を取り出した。

「この写真の事ですか?」

綺麗《きれい》な青空を背景《はいけい》に、加藤《かとう》の兄が青色の服を着ている……改めて見ても、全体的に青っぽく見えた。

「確《たし》かにそれなら空の部分に配置しても違和感《いわかん》が無いかもね〜。あとはお兄さんの写真をアートに使っても良いかどうか、だけど……」

「この写真なら使っても構《かま》いませんよ。元のデータは別に保存《ほぞん》してあるので、いつでも印刷し直せますから」

良かった、これで何とかなりそうだ。

それから、また五人全員で作業に戻《もど》った。アクシデントがあったため、時間にほとんど余裕《よゆう》がない。

「これ、間に合うのか……？」

＊＊＊

――商店街イベント当日――

堅野《かたの》商店街は周年イベントらしい賑《にぎ》やかな音楽が流れていた。家族連れからお年寄《としよ》りまで多くの地域《ちいき》住民が来ている。

そこかしこに置かれているアートやオブジェ。堅中《かたちゅう》の二年生が作り上げたものだ。中でも、一際《ひときわ》存在感《そんざいかん》を放つ作品があった。

「さすがに大賞だろ」

それを見た俺《おれ》は呟《つぶや》く。

結局、モザイクアートは時間ギリギリで完成した。映《うつ》し出《だ》されているのは堅中校舎《かたちゅうこうしゃ》。しかし近くでよく見てみると、小さな写真のみで出来上がっている事が分かる。これぞモザイクアートだ。

最初加藤《かとう》が浮《う》いていた事からも分かる通り、このイベントに本気で取り組んでいる生徒は少ない。大きさ、アイデア、クオリティ……自分で言うのもなんだが、明らかに周りの作品から傑出《けっしゅつ》していた。

今日は天才四人衆《しゅう》で商店街に来ていた。理由はもちろん、大賞受賞作品の確認《かくにん》だ。自分たちのモザイクアートがどのように飾《かざ》られているのか確認《かくにん》した後、商店街の広場に向かう。かなりの人混《ひとご》み。特設《とくせつ》ステージができており、その上には商店街関係者が並《なら》んで立っていた。閉会式《へいかいしき》の時間に合わせて来たため、頭上には夕焼け空が広がっている。

閉会式《へいかいしき》は滞《とどこお》りなく進み、いよいよ大賞発表の時間になった。

「それでは、次に私立堅野《しりつかたの》学院中学校二年生による作品の大賞発表です。まず、短い期間で作品を準備《じゅんび》してくれた生徒の皆《みな》さん、本当にありがとうございました」

代表らしき男性《だんせい》がマイクスタンドの前で喋《しゃべ》る。

「あ！　あれ加藤《かとう》じゃない？」

ステージから少し離《はな》れたところで四人並《なら》んで見ていると、突然多鹿《とつぜんたじか》が遠くの方を指差した。

すぐに視線《しせん》を向ける。

人混《ひとご》みに紛《まぎ》れて確認《かくにん》しにくいが、確《たし》かにあれは加藤《かとう》だ。隣《となり》には写真で見覚えがある加藤《かとう》の兄もいる。　加藤《かとう》兄は長身のため分かりやすかった。

「やっぱり誘《さそ》わなくて正解《せいかい》だったね〜」

加藤《かとう》が真剣《しんけん》に取り組んでいたのはこのため。兄弟二人で過《す》ごす時間を邪魔《じゃま》したら悪いと思い、あえて「一緒に行こう」とは誘《さそ》わなかった。

「では、いよいよ発表です。栄《は》えある大賞に選ばれたのは……」

ドラムロールの音が鳴る。緊張《きんちょう》の瞬間《しゅんかん》。作品にはそれぞれ番号が振《ふ》られており、おそらくその番号で発表されるはずだ。俺《おれ》たちのモザイクアートは二十五番……。

「二十五番の作品です！　おめでとうござ

います」

呼《よ》ばれたのは、俺《おれ》たちが作ったモザイクアートの番号だった。途端《とたん》に拍手《はくしゅ》が巻《ま》き起《お》こる。

「ギリギリまで作業してたの、俺《おれ》たちだけだったからな」

「頑張《がんば》った甲斐《かい》があったね〜」

「天才四人衆《しゅう》、それからこのイベントに誰《だれ》よりも思い入れのある加藤《かとう》が力を合わせて作ったんだ。大賞以外あるわけねぇだろ」

「加藤《とう》もお兄さんに良いとこ見せられたんじゃない？」

全員はしゃいで言う。大賞を確信《かくしん》しつつも、ドラムロールのせいで緊張《きんちょう》した。加藤《かとう》のために本気で作っていたので、俺《おれ》たちまで嬉《うれ》しい。

肝心《かんじん》の加藤《かとう》兄弟の方を見た。

二人で何か話している。その表情《ひょうじょう》は明るい。

「皆《みな》さん！」

閉会式《へいかいしき》が終わり四人でそそくさと帰ろうとしていたところ、加藤《かとう》が声を掛《か》けてきた。何かの拍子《ひょうし》に俺《おれ》たちを見つけたらしい。

「良かったな、加藤《かとう》。お兄さんに良いところを見せられたんじゃないか？」

加藤《かとう》兄は少し離《はな》れた場所からこちらを見ている。わざわざ待たせて来たようだ。俺《おれ》の言葉に、加藤《かとう》は穏《おだ》やかな表情《ひょうじょう》で口を開いた。

「今回の件《けん》で皆《みな》さんから色々学びました」

「学んだ？　俺《おれ》たちから？　学ぶ事なんて何もねぇだろ」

壮太《そうた》が茶化《ちゃか》すように言ったが、加藤《かとう》は首を横に振《ふ》る。

「僕《ぼく》が配置図を忘《わす》れた時や写真を貼《は》る位置を間違《まちが》えた時……皆《みな》さんはすぐに前を向いていました。落《お》ち込《こ》んでる時間なんてほとんどない。次に何をしたらミスを取り返せるか、既《すで》に考え始めてる……」

面と向かって褒《ほ》められると少し照れくさい。四人は黙《だま》って聞く。加藤《かとう》はそのまま続きを話す。

「最初は皆《みな》さんの事、全然分かってませんでした。ものすごく賢《かしこ》くて、僕《ぼく》たちとは住んでる世界が違《ちが》う人。でも、喋《しゃべ》ってみたらめちゃくちゃ普通《ふつう》で、むしろ良い人たちで……根本は同じなんだなって分かりました。違《ちが》うのは逆境《ぎゃっきょう》に対する考え方。僕《ぼく》たちと皆《みな》さんの差はそこだけです」

加藤《かとう》の言う「僕《ぼく》たち」とは、天才四人衆《しゅう》以外の生徒の事だろう。他生徒と馴染《なじ》めない事を気にしていた俺《おれ》たちにとって、加藤《かとう》の今の言葉は嬉《うれ》しかった。

「まあ、落《お》ち込《こ》んでても意味無いからな。そんな時間があるなら、次の一手を考えるまでだ」

強がっているが、照《て》れ隠《かく》しだ。壮太《そうた》はこういうところがある。

「でもまあ、僕《ぼく》たちが逆境《ぎゃっきょう》に強いのは普段《ふだん》のあれが原因《げんいん》かもね！」

突然《とつぜん》、多鹿《たじか》が不穏《ふおん》な事を言い出した。

「あれ？」

「加藤《かとう》、多鹿《たじか》の今の発言は気にするな！」

焦《あせ》ってごまかしを入れる。「あれ」とは忘《わす》れ物頭脳戦《ものずのうせん》の事だろう。加藤《かとう》がせっかく良い話をしてくれたのに、「実は忘《わす》れ物《もの》のごまかし合いが逆境《ぎゃっきょう》への強さの原点です」などと言ってしまえば締《し》まりが悪い。

「そうですか……。何はともあれ、改めてありがとうございました。このご恩《おん》は忘《わす》れません」

「堅苦《かたくる》し過《す》ぎるよ～」

頭を下げる加藤《かとう》に、雄太《ゆうた》が笑いながら返す。

「ご恩《おん》か……それなら一つ頼《たの》み事《ごと》がある」

今の堅苦《かたくる》しい台詞《せりふ》を聞いて、俺《おれ》はある事を思い付いた。加藤《かとう》は頭を上げて「何でしょう？」と返す。

「次会う時からは敬語禁止《けいごきんし》だ。良いな？」

それだけ言って、俺《おれ》たちは帰路に就《つ》いた。

「友達になってくれ」と言いたかったが、気恥《きは》ずかしくて言えなかった。

こうして、商店街イベントは俺《おれ》たち天才四人衆《しゅう》と加藤《かとう》の大勝利で幕《まく》を下ろした。

四戦目　『和菓子《わがし》』

「一月《ひとつき》前の周年イベント以来か……」

午前九時を過《す》ぎた頃《ころ》の堅野《かたの》商店街。まだ開いていない店もある。当然、昼間に比《くら》べて人通りは少なかった。実を言うと、俺《おれ》は家の近くにスーパーがあるため普段《ふだん》はあまり商店街には来ない。

今日は本来授業《じゅぎょう》があるはずの平日だ。にもかかわらず、俺《おれ》は一人で堅野《かたの》商店街の中を歩いていた。

「いざ来てみると緊張《きんちょう》するな」

ある店の前で足を止める。【和菓子小寺屋《わがしこてらや》】。今日一日、職場《しょくば》体験でお世話になる店だ。

堅中《かたちゅう》の二年生は二学期になると職場《しょくば》体験をする事になる。体験先の職場《しょくば》は、いくつか学校側が用意した選択肢《せんたくし》から自分で選ぶ。

俺《おれ》が和菓子屋《わがしや》を選んだ理由は、接客業《せっきゃくぎょう》を経験《けいけん》してみたかったのと、何度か小寺屋《こてらや》の和菓《わが》子《し》を食べた事があるからだった。

小寺屋《こてらや》の和菓子《わがし》……特に名物である四角い最中《もなか》はこの辺りで有名だ。初めて食べた時、あまりの美味《おい》しさに感動した覚えがある。なぜ他の最中《もなか》とここまで違《ちが》うのか……ずっと気になっていたため、製法《せいほう》が学べるかもしれない職場《しょくば》体験は貴重《きちょう》な機会だと考えた。

職場《しょくば》の希望はホームルーム中に決めさせられた。生徒同士で示《しめ》し合《あ》わせる事はできない。

多鹿《たじか》、壮太《そうた》、雄太《ゆうた》もそれぞれ別の職場《しょくば》を選んでいたはずだ。皆上手《みんなうま》くやれるだろうか……。

店の前に立って中の様子を覗《のぞ》いてみる。店員らしき人物が二人。開店して間もない雰囲《ふんい》気《き》で、お客さんはまだいないようだ。

自動ドアを通って中に入る。

「いらっしゃいませ！」

おそらく店の主人であろうお爺《じい》さんが元気な声で出迎《でむか》えてくれた。六十歳《さい》くらいだろうか。和菓子屋《わがしや》っぽく渋《しぶ》い緑色の制服《せいふく》を着ている。

店主は俺《おれ》の姿《すがた》を見て、すぐに客ではないと気付いたようだった。それもそのはず。今俺《おれ》は堅中《かたちゅう》の制服《せいふく》を着ている。

「堅野《かたの》学院中学校から職場《しょくば》体験に参りました、上田《うえだ》と申します。本日は、どうぞよろしくお願いします」

頭を下げる。

「おう、よく来たな。俺《おれ》がこの店の店主だ。とりあえず中に入れ！」

ハキハキした声で言う店主。それに反応《はんのう》したもう一人の店員であるお婆《ばあ》さんも「よく来たね！」と声を掛《か》けてきた。

ご夫婦《ふうふ》なのだろう。同じくらいの年齢《ねんれい》で、二人の口調から明るさが伝わってくる。

入店して早々、俺《おれ》は店主に連れられるまま店の裏側《うらがわ》へと入った。会計用カウンターの後ろにある扉《とびら》から入る。

「こんな感じになってるんですね」

中は厨房兼《ちゅうぼうけん》倉庫のようになっていた。作業台の上には和菓子《わがし》用の生地《きじ》やあんこが置かれている。他にはおそらく材料が入っているであろう大きな段《だん》ボール箱に、業務《ぎょうむ》用の馬鹿《ばか》でかい冷蔵庫《れいぞうこ》。

店主は俺《おれ》一人を厨房《ちゅうぼう》に残しどこかへ消えると、すぐに大きめの紙手提《てさ》げを持って戻《もど》ってきた。

「まずはこれに着替《きが》えてもらおう！」

「これは……」

受け取って中を覗《のぞ》く。

「うちの制服《せいふく》だ！　サイズが合わなかったら言ってくれ」

入っていたのは店主が着ているものとまったく同じ制服《せいふく》だった。訪問先《ほうもんさき》ごとに持ち物が指定されていたが、この和菓子屋《わがしや》は「特に無し」と書かれていたため何も持ってきていない。ありがたい事に、必要な物は全て揃《そろ》えてくれているらしい。

早速渡《さっそくわた》された制服《せいふく》に着替《きが》える。サイズは少し大きめだが、問題なく着れた。

「じゃあ、接客《せっきゃく》からやってみようか！」

再《ふたた》びカウンター裏の扉を通って店頭に出る。改めて見るとせんべいやどら焼き、まんじゅう、最中《もなか》などありとあらゆる和菓子《わがし》が綺麗《きれい》に陳列《ちんれつ》されていた。まだお客さ……いや、お客様は来られていない。どこの店でもそうだろうが、平日の午前中は比較的空《ひかくてきす》いているのだろう。

「まず最初にやる事は挨拶《あいさつ》だ！　お客様がご来店されたら、大きな声でいらっしゃいませ！　と言ってくれ」

最初の指示《しじ》。俺《おれ》は「はい」と、意識《いしき》して大きめの声で返事をする。

それから、お客様がご来店されるまでの間、店主による商品の説明が始まった。そこまで広い店ではないため、どこに何の商品が置いてあるかはパッと見で分かる。ただ、商品の特徴《とくちょう》などを聞かれたら分からないため、全力で頭に叩《たた》き込《こ》む。天才と言われているだけあり、こういうのは得意だ。幸い常連《じょうれん》の方が多く、難《むずか》しい接客《せっきゃく》をする機会は少ないらしい。

途中《とちゅう》何度かお客様が来店された。「いらっしゃいませ」と元気な声で言う。だが、やはりどのお客様も常連《じょうれん》のようで、迷《まよ》う事なく商品を選んで買って行った。そのため接客《せっきゃく》らしい接客《せっきゃく》をする機会はなかったが、店の制服《せいふく》を着て立っているだけで店員気分は十分に味わえた。

「それじゃあ、そろそろお菓子《かし》作りの方をやってみようか！」

店の雰囲気《ふんいき》に少し慣《な》れてきた頃《ころ》、店主が声を掛《か》けてきた。

いよいよお菓子《かし》作り……心の中で少しテンションが上がる。

お婆《ばあ》さんを店頭に残し、再《ふたた》び厨房《ちゅうぼう》へと戻《もど》る。すると、作業台の上が最初に来た時から変わっていた。店主は先ほどから何度か厨房《ちゅうぼう》に出たり入ったりしていた。その間に準備《じゅんび》を進めていたのだろう。

置かれている物を見て一瞬《いっしゅん》で気が付いた。俺《おれ》のテンションは更《さら》に上がる。

今から作るのはおそらく最中《もなか》だ。大量のあんこに、四角い形をした最中《もなか》の外側……。

「お前さんには最中《もなか》作りをやってもらう！　最中《もなか》の外側のサクサクしたやつは最中《もなか》種。上側と下側の二種類あって、上側の方には模《も》様《よう》が入ってるからすぐに分かるはずだ。まず下側の最中《もなか》種にあんこをのせる。そしたらあんこを挟《はさ》み込《こ》むように、上から模《も》様《よう》が入った最《も》中《なか》種を重ねる。これで完成だ」

実際《じっさい》に作りながら説明してくれた。結構簡単《けっこうかんたん》な作業に見える。

「手作業でやってるんですね。それに、よく見るとあんこの色が普通《ふつう》と違《ちが》う。紫《むらさき》って言うよりは黒っぽい……」

「お、よく気付いたな！　うちのあんこは特殊《とくしゅ》な製法《せいほう》をしていてな……詳《くわ》しくは教えられねぇが、他所《よそ》とは違《ちが》う。あと、手作業でやった方が端《はし》まで綺麗《きれい》に入れられる。あんこがぎっしり入ってた方が美味《おい》しいに決まってるからな！」

なるほど、これが小寺屋《こてらや》の最中《もなか》の秘密《ひみつ》か。こだわりが感じられる。

それから最中《もなか》作り体験が始まった。

見ている分には簡単《かんたん》そうだったが、実際《じっさい》にやってみると難《むずか》しい。あんこは少な過《す》ぎても駄目《だめ》だし、多過《す》ぎたら挟《はさ》んだ時に最中《もなか》種からはみ出てしまう。おまけに一度スプーンですくってしまえば、量の調整が難《むずか》しい。

店主も俺《おれ》の隣《となり》で一緒《いっしょ》に最中《もなか》を作る。動きを真似《まね》しようと試みたが、早過《はやす》ぎて到底真似《とうていまね》できるものじゃなかった。最中《もなか》を作る動作が体に染《し》みついているのだろう。その証拠《しょうこ》に、時折俺《おれ》の方を見ながら「お前さん、筋《すじ》が良いな！」などと言っていた。よそ見しながらでも、俺《おれ》の三倍は早い。

結局、そのまま最中《もなか》作りをしていたら午前中が終わった。というか最中《もなか》作りが思いの外《ほか》面白《おもしろ》く、気が付けば時間が経《た》っていた。

「よし、ここらで昼休憩《きゅうけい》にしようか！」

店主が買ってきてくれたお弁当《べんとう》を見せてきた。切りの良いところで作業を中断《ちゅうだん》し、昼休《きゅう》憩《けい》に入る。

「以前小寺屋《こてらや》さんの最中《もなか》をいただいた事があって……美味《おい》し過《す》ぎてビックリしたんです」

「嬉《うれ》しい事言ってくれるじゃねぇか！」

「最近の子は世辞まで上手《うま》いのかい」

お婆《ばあ》さんも一緒《いっしょ》に三人で弁当《べんとう》を食べる。店主が俺《おれ》に付きっきりになってしまうため、店頭はずっとお婆《ばあ》さんが一人で担当《たんとう》していた。混雑《こんざつ》していたわけではなさそうだが、接客《せっきゃく》から会計、贈答《ぞうとう》用のラッピングや配送手配まで全部一人でこなすとは……さすがプロだ。

ずっと店頭を空けたままにするわけにはいかない。店主とお婆《ばあ》さんはすぐに食べ終え、

「一時くらいまではゆっくり休憩《きゅうけい》してて良いからな！」とだけ言い残し店頭に戻《もど》っていった。三人で食べていた時点でも、お客様が来店されたらすぐ店頭に戻《もど》っていただろう。自動ドアが開いた時に鳴る音はここからでも聞こえる。

俺《おれ》は黙々《もくもく》と弁当《べんとう》を食べ進めていった。もっと色々な事を体験したい、と心の中で思っていたせいか、普段《ふだん》より食べるスピードが早くなってしまった。

＊＊＊

弁当《べんとう》が空になった頃《ころ》。

突然《とつぜん》、深刻《しんこく》そうな顔で二人が厨房《ちゅうぼう》に戻《もど》ってきた。

「すまないね、私《わたし》のせいで……」

「起こってしまったものは仕方ない。でも、この状況《じょうきょう》はマズいな……」

どこからどう見ても困《こま》っている様子。何かトラブルが起こったのだろう。

「どうかしたんですか?」

俺《おれ》は弁当《べんとう》のゴミを片付《かたづ》けながら二人に質問《しつもん》した。

「ああ、いや、別に大した問題じゃねぇんだ。俺《おれ》たちがこんな顔してたら、不安になっちまうよな。すまねぇ」

無理やり明るい表情《ひょうじょう》に戻《もど》して言う店主。店の都合に生徒を巻《ま》き込《こ》みたくないのだろう。

「話すだけ話してみてくださいよ。もしかしたら僕《ぼく》にも何か手伝える事があるかもしれません」

二人は顔を見合わせ少し考える素振《そぶ》りを見せた後、お婆《ばあ》さんだけが店頭に戻《もど》っていった。

店頭をお婆《ばあ》さん、事の解決《かいけつ》を店主が担当《たんとう》するのだろう。

「実は、商品の準備《じゅんび》を忘《わす》れてたんだよ……」

忘《わす》れてた、か……普段頭脳戦《ふだんずのうせん》なんてしているせいか、何かと忘《わす》れ物《もの》には縁《えん》がある。

店主はメモ用紙を一枚《いちまい》取り出して見せてきた。箇条書《かじょうが》きで「・たい焼き×三十」「・どら焼き×三十」「・最中《もなか》×三十」と書かれている。

「ここに書いてある商品を夕方までに三十個《こ》ずつ用意しなきゃならねぇ」

「つまり合計で九十個《こ》……かなりの数ですね」

メモの文面からも察せたが、大口の注文らしい。そのまま店主は事の次第《しだい》を語り出した。

「常連《じょうれん》に大企業《だいきぎょう》の社長さんがいてな。毎月、誕生《たんじょう》月の社員さんにうちのお菓子《かし》を配ってるんだよ。本来なら在庫《ざいこ》にある分で事足りる。だが、社長さんの注文は少し特殊《とくしゅ》でな。たい焼きとどら焼き、それから最中《もなか》を一つの袋《ふくろ》にまとめて三十セット用意しなきゃならねぇ」

「なるほど、忘《わす》れてたってそういう事だったんですね……」

ギフト箱の中に入っている物も含《ふく》め、小寺屋《こてらや》の商品の多くは個包装《こほうそう》だ。

「夕方までに」と言っていた事から、おそらく社長さんは今日の夕方商品を取りに来るのだろう。今は午後一時を過《す》ぎた頃《ころ》。少し早めにご来店される可能性《かのうせい》も考慮《こうりょ》すれば、残り時間は大体三時間程度《ていど》か。作るだけでなく包装《ほうそう》までしなくてはならないため、かなり厳《きび》しい時間制限《せいげん》になる。

「在庫《ざいこ》にある分を一度袋《ふくろ》から出して、再度詰《さいどつ》め直《なお》すのはどうです？」

「駄目《だめ》だな。在庫《ざいこ》にある分は消費期限《しょうひきげん》がバラバラだ。今回みたいに大口の商品は消費期限《しょうひきげん》を揃《そろ》えるのが基本《きほん》。ほら、渡《わた》す社員さんによって消費期限《しょうひきげん》が翌日《よくじつ》だったり二日後だったり、バラバラだったら嫌《いや》だろ？　皆消費期限《みんなしょうひきげん》が長い方が良いに決まってる。大企業《だいきぎょう》の社長だけあって厳《きび》しい性格《せいかく》の方だ、絶対《ぜったい》に気にする」

考えた事もなかったが、確《たし》かにそうかもしれない。おそらく消費期限《しょうひきげん》は製造日《せいぞうび》から何日だが、先ほど隣《となり》で店主の手捌《てさば》きを見ていた俺《おれ》には分かった。今から作り始めても夕方に……という方式で決まっているはずだ。つまり、同じ日に三十個《こ》ずつ作る必要がある。は間に合う。では、なぜ悩《なや》んでいるのか……。

「僕《ぼく》が店頭に出て接客《せっきゃく》を頑張《がんば》ってみます」

俺《おれ》は店主の目を真《ま》っ直《す》ぐ見て言い放った。

店主がお菓子《かし》を作れない理由……それは職場《しょくば》体験に来た俺《おれ》の面倒《めんどう》を見る必要があるから

だ。だとするなら、今はこれが最善手《さいぜんしゅ》。

「いや……」

「商品知識《ちしき》は一通り頭に入れています。それに、一人で接客《せっきゃく》してみるのも立派《りっぱ》な職場《しょくば》体験だと思います」

申《もう》し訳《わけ》なさそうな顔で断《ことわ》ろうとする店主をあえて遮《さえぎ》る。いくら職場《しょくば》体験中の学生とはいえ、足を引《ひ》っ張《ぱ》りたくない。

「大体いつも今からの時間が一番混雑《こんざつ》する。それでもやってみるか？」

少し悩《なや》む素振《そぶ》りを見せた後、聞いてくる。俺《おれ》は「はい」と強気に返事した。腕《うで》を組み、深く思案する店主。

「よし、分かった！　婆《ばあ》さんには話を通して、最大限《さいだいげん》サポートしてやるよう言っておく。できるだけ早く作って店頭に戻《もど》るから、それまで頼《たの》んだぞ」

任《まか》された。普段《ふだん》学校でも天才四人衆《しゅう》同士でしか話さない俺《おれ》にとって、接客《せっきゃく》はハードルが高い。だが、もう後戻《あともど》りはできない。やるしかない。

その後、店主は俺《おれ》と一緒《いっしょ》に店頭に出ると、お婆《ばあ》さんと少しだけ話をした。「じゃあ、悪いが任《まか》せたぞ」と言い残し厨房《ちゅうぼう》へと戻《もど》って行く。

「話は爺《じい》さんから聞いたよ。そろそろ混雑《こんざつ》する時間帯だから一人でお客様の対応《たいおう》をする事もあるだろうけど、分からない事があればすぐに聞いておくれ。接客《せっきゃく》中割《わ》り込《こ》んでも良いから」

お婆《ばあ》さんがこちらに寄《よ》ってきてそう言った。緊張《きんちょう》がバレていたのかもしれない。ありがたい言葉だ。お婆《ばあ》さんが全力でサポートしてくれるなら心強い。

それから少しした後、男性《だんせい》のお客様が一人入ってきた。最初に言われた通り、元気に「いらっしゃいませ」と言う。

基本《きほん》はお婆《ばあ》さんが接客《せっきゃく》。俺《おれ》はそれを側《そば》で見て少しでも多く学ぶ。

接客《せっきゃく》が終わった後はレジ打ちも一緒《いっしょ》に教えてもらう。幸い、商品に付いているバーコードを通すだけなので金額《きんがく》を覚える必要はなかった。決済《けっさい》方法は現金《げんきん》、クレジット、バーコード決済《けっさい》の三択《たく》。最初は複雑《ふくざつ》に見えたが、何度か練習したら意外とすぐに覚えた。機械にカードを差《さ》し込《こ》んだり、バーコードを提示《ていじ》したり……案外お客様側がやる事が多い。

しばらくお婆《ばあ》さんの接客《せっきゃく》を見ていたが、次第《しだい》にお客様が増《ふ》えてきた。

「あの、すみません……」

初めてお客様から声を掛《か》けられた。お婆《ばあ》さんは別のお客様に対応《たいおう》している。想定していた展開《てんかい》だが、いざ来ると緊張《きんちょう》する。

「はい、いかがなされましたか？」

とりあえず丁寧《ていねい》な口調を心掛《こころが》ける。

「女性《じょせい》の友達にあげる用なんですけど、オススメとかってあります？」

恰好《かっこう》からして主婦《しゅふ》さんだろう。女性《じょせい》人気が高い商品は事前に聞いている。

「それなら、どら焼きがオススメですね。特に抹茶《まっちゃ》味が女性《じょせい》のお客様にご好評《こうひょう》いただいています。お一人様に差し上げるのでしたら、三個《こ》入りのギフト用がよろしいかと」

「ああ、なるほど……じゃあそれにします」

的確《てきかく》に答えたつもりだった。お客様も納得《なっとく》してくれている。しかし、お婆《ばあ》さんの接客《せっきゃく》とは全然違《ちが》う気がした。何と言うか、会話をしているのではなく決められた答えを返しているだけ。お客様の表情《ひょうじょう》も最後まで硬《かた》いままだった。

会計を済《す》ませお客様を見送った後、改善案《かいぜんあん》を考えてみる。

「ごめんね、ちょっと良いかな」

だが、考える間もなくまた別のお客様が声を掛《か》けてきた。

「はい、いかがなされました？」

「子供《こども》にお菓子《かし》を買って帰ろうと思うんだが、どれが良いと思う？　ちょうど君と同じくらいの歳《とし》なんだよ」

スーツを着ており、見るからにサラリーマン。なるほど、この質問《しつもん》は簡単《かんたん》だ。俺《おれ》の好みを答えれば良い。

「それなら、たい焼きがオススメです。老若男女誰《ろうにゃくなんにょだれ》にでも好まれますし、ボリュームもあります。お子さんのおやつにもピッタリかと」

「ほう、じゃあそれにしようか」

結局、男性客《だんせいきゃく》はたい焼きを二つ買って行った。お子さんは二人いるのだろうか？　だとしたら、二つセットで箱に入っている物の方がお得だったのに……会話不足だ。もっと会話してお客様の情報《じょうほう》を引き出せていればこんな事は起こらなかった。

接客《せっきゃく》が上手《うま》くいかない。天才四人衆《しゅう》同士で話している時のような自然な会話ができないのだ。お婆《ばあ》さんに接客《せっきゃく》のコツを聞こうにも、接客《せっきゃく》中でとても聞けそうな感じではない。「接客《せっきゃく》中割《わ》り込《こ》んでも良いから」と言っていたが、接客《せっきゃく》のコツなんて一言二言で説明できるものではないはずだ。お客様を待たせる事になる。

「何か変えないと……」

次のお客様が来る前に必死に考えてみる。自然な会話に近いような接客《せっきゃく》をするためには何をすれば良いか？　気を抜《ぬ》いて楽に接客《せっきゃく》する？　いや、言葉遣《ことばづか》いなど考える事が多いため気は抜《ぬ》けない。ただ、逆《ぎゃく》に考える事が多い状況《じょうきょう》では、自然な会話ができなくなってしまう。

試《ため》しに、お婆《ばあ》さんの接客《せっきゃく》を真似《まね》てみるのはどうだろうか？　少し考えてみるが、すぐに無理だと分かる。経験値《けいけんち》が違《ちが》い過《す》ぎる。到底真似《とうていまね》できる気がしないし、そもそも常連《じょうれん》のお客様用の接客《せっきゃく》が多くて真似《まね》しにくい。じゃあ、他にどうすれば……。

「あっ」

その時、一つ思い付いた。

いたじゃないか、すぐ近くに話術《わじゅつ》の天才が。

「君、良いかな？」

ちょうどお客様に声を掛《か》けられた。完璧《かんぺき》に多鹿《たじか》を憑依《ひょうい》させてみる。大丈夫《だいじょうぶ》だ。奴《やつ》とは普《ふ》段《だん》から一緒《いっしょ》にいる。今、俺《おれ》の脳内《のうない》には接客《せっきゃく》をする多鹿《たじか》の姿《すがた》が浮《う》かんでいた。

「はい、何でしょう！」

自然と元気な口調になった。

「最中《もなか》を買いたいんだが、どの味にするか迷《まよ》っていてね。どれが良いだろう？」

昔、多鹿《たじか》から聞いた事がある。上手《うま》く会話するためには、まず相手の事をよく知るべきだ、と。

見たところ、七十代くらい。かなり高齢《こうれい》の方だ。このお客様が最中《もなか》を買うとしたら、どんな理由があるだろう。まずはそこを探《さぐ》る必要がある。

「ご自宅用《じたくよう》でしょうか？　それとも贈答《ぞうとう》用でしょうか？」

考え事をしながらの接客《せっきゃく》だが、多鹿《たじか》の喋《しゃべ》り方《かた》を真似《まね》ているせいで自動的に口調が明るくなる。

「自宅《じたく》で妻《つま》と一緒《いっしょ》に食べようと思ってね。明日が妻《つま》の誕生日《たんじょうび》なんだ」

「なるほど、それは素敵《すてき》ですね！」

自然と言葉が出てくる。多分、多鹿《たじか》ならこう言う。

「もしや、最中《もなか》を食べる時お茶を一緒《いっしょ》に飲まれるのではないでしょうか？」

「ああ、そうなるかな。妻《つま》が緑茶を淹《い》れてくれると思うよ」

「では、抹茶《まっちゃ》味以外が良いかもしれませんね」

「なるほど、確《たし》かにお茶と味が被《かぶ》ってしまうからな」

最中《もなか》の味は三種類。こしあん、粒《つぶ》あん、抹茶《まっちゃ》。順番に選択肢《せんたくし》を絞《しぼ》っていく。

「あとは、こしあんかつぶあんどちらにするか……」

お客様が顎《あご》に手を当てて呟《つぶや》いた。

「奥様《おくさま》の好みに合わせてあげるのがよろしいかと」

「好みって言われても分からないしな……」

「当店をご利用されるのは初めてですか？」

「いや、以前一度どら焼きを買わせてもらった事がある。妻《つま》が美味《おい》しいと喜んでくれてね。だから今回もこの店に来たんだよ」

「なるほど……でしたら、粒《つぶ》あんが良いかもしれませんね。当店のどら焼きは粒《つぶ》あんが使用されてますから！」

お客様は俺《おれ》が出した結論《けつろん》に対し、「じゃあ、それをいただくよ」と笑顔《えがお》で答えてくれた。

その後、会計に移《うつ》る。結局、お客様は粒《つぶ》あんの最中《もなか》を四つ買ってくれた。五個《こ》入りでまとめて箱に入った物もあったが、自宅用《じたくよう》だし何より二人で食べる。単品で四つを薦《すす》めておいた。

会計が終わり、お客様を見送る。その時、お客様が振《ふ》り向《む》いてこう言った。

「君、まだ学生さんだろ？　大したもんだね。笑顔《えがお》で元気良く、話していて気持ちが良い。おまけに、こんな老いぼれの話を親身になって聞いて一緒《いっしょ》に選んでくれる。おかげで良い買い物ができたよ。ありがとうね」

嬉《うれ》しい言葉。

「ありがとうございます！　またのお越《こ》しをお待ちしております」

自然と腹《はら》から声が出た。なんて気持ちの良いやり取り。これが接客業《せっきゃくぎょう》のやり甲斐《がい》なのだろう。

「やるじゃないか！　素晴《すば》らしい接客《せっきゃく》だったよ」

いつの間にかお婆《ばあ》さんは接客《せっきゃく》を終えていたらしく、見送りを終えた俺《おれ》に声を掛《か》けてきた。一人接客《せっきゃく》するのに必死だった俺《おれ》とは違《ちが》い、早いし周りの事がよく見えている。多鹿《たじか》の真似《まね》をしたくらいでは到底敵《とうていかな》わない。

「終わったぞ！」

その時、声が聞こえた。見ると店主が厨房《ちゅうぼう》の出入り口前に立っていた。商品の準備《じゅんび》が終わったらしい。予想以上の早さ。俺《おれ》の隣《となり》で作業していた時は、全力のスピードではなかったのだろう。

こちらに歩いて来ながら「店頭は大丈夫《だいじょうぶ》だったか？」とお婆《ばあ》さんに質問《しつもん》する。

「ええ、この子が活躍《かつやく》してくれたおかげで」

お婆《ばあ》さんが嬉《うれ》しそうに俺《おれ》の方を向いた。

「ほう、婆《ばあ》さんが褒《ほ》めるとはな……よくやったじゃねぇか！」

店主の言葉に、俺《おれ》は笑顔《えがお》で「はい！」と返事をする。多鹿《たじか》の真似《まね》はもう止《や》めているのに明るい声が出た。

それからは、店主と三人で店頭に立った。思いの外《ほか》店が混雑《こんざつ》したのだ。再《ふたた》び多鹿《たじか》を憑依《ひょうい》させ、ひたすら接客《せっきゃく》をこなす。

何とかピークを乗《の》り越《こ》え夕方になった頃《ころ》、例の社長さんが来店された。代済《だいず》みだったようで、側《そば》に連れていた部下らしき人物に商品が入った手提《てさ》げが渡《わた》される。「いつも本当に助かってるよ。和菓子《わがし》はやっぱり小寺屋《こてらや》だな」と口にされた瞬間《しゅんかん》、接客《せっきゃく》をやると名乗り出て本当に良かったと思えた。

そして、とうとう閉店《へいてん》の時間を迎《むか》えた。

「今日はありがとう！　おかげで助かった」

「君がいなかったら商品も用意できなかったし、店も回らなかったよ」

小寺屋《こてらや》の二人が揃《そろ》って頭を下げる。

「いえ、こちらこそ多くの事を学ばせていただきました。改めて、ありがとうございました」

こちらも頭を下げる。

最後に土産《みやげ》として最中《もなか》を持たせてくれた。中には、俺《おれ》が作った物も入っているらしい。

こうして、職場《しょくば》体験は俺《おれ》と小寺屋《こてらや》の大勝利で幕《まく》を下ろした。

「多鹿《たじか》には礼を言っておかないとな……」

わけも話さずいきなり感謝《かんしゃ》を伝えたらどのような反応《はんのう》をするだろう？　そんな妄想《もうそう》をしながら、最中《もなか》が入った手提《てさ》げを片手《かたて》に商店街を歩いて帰った。

五戦目 『財布《さいふ》』

休日の昼過《ひるす》ぎ。俺《おれ》たち天才四人衆《しゅう》はとある待ち合わせ場所に集まっていた。

「四人で集まって遊ぶのは案外久《ひさ》しぶりじゃねぇか？」

「そうかもね～」

「なんやかんや皆忙《みんないそが》しいもんね！　学術《がくじゅつ》研究会に出席したり、研究したり、論文《ろんぶん》書いたり……」

全員揃《そろ》ったので歩き出す。堅野地区《かたのちく》周辺ではあるが、商店街がある方とは違《ちが》い比較的《ひかくてき》都会の方。頭上には晴れ空。適度《てきど》に風も吹《ふ》いており、お出かけ日和《びより》だ。

「そういや、昨日《きのう》の職場《しょくば》体験はどうだったんだ？」

目的地まではまだ距離《きょり》がある。暇《ひま》つぶしがてら、そんな話題を出してみた。確《たし》か、多鹿《たじか》は保育園《ほいくえん》、壮太《そうた》は寿司屋《すしや》、雄太《ゆうた》はケーキ屋に行っていたはずだ。

「俺《おれ》は寿司《すし》が好きだから寿司屋《すしや》にしたんだが……」

最初に語り出したのは壮太《そうた》だった。結構適当《けっこうてきとう》な理由で選んだらしい。それにしても、寿司屋《すしや》か……イメージに合わない。

「全然上手《うま》くやれなかったな。実際《じっさい》に寿司《すし》を握《にぎ》らせてもらったが、到底《とうてい》客の前に出せたもんじゃねぇ。職人技《しょくにんわざ》のイメージが強かったが、改めて実感したよ。あれは何年も修業《しゅぎょう》しなきゃ話にならねぇ」

プライドが高い壮太《そうた》がそこまで言うとは……よほどの差だったのだろう。まあ、当然と言えば当然だ。いくら天才でも熟練《じゅくれん》の技《わざ》相手に敵《かな》いっこない。

「僕《ぼく》はね……」

続いて多鹿《たじか》。保育園《ほいくえん》か……何となく、向いてそうだ。

「イレギュラーな事が多くて大変だったけど、その分やり甲斐《がい》を感じたな。あと、保育士《ほいくし》さんたちに向いてるって褒《ほ》めてもらったよ!」

子供《こども》たちを預《あず》かる責任感《せきにんかん》と、保育園児《ほいくえんじ》の予測不能《よそくふのう》な行動に対処《たいしょ》できる柔軟性《じゅうなんせい》が求められる難《むずか》しい職業《しょくぎょう》だと思うが、多鹿《たじか》は上手《うま》くやれていたらしい。

「雄太《ゆうた》はどうだったんだ?」

「僕《ぼく》は甘《あま》い物が好きでケーキ屋を選んだんだ〜。上田《うえだ》君が行った和菓子屋《わがしや》も候補《こうほ》だったから、もしかしたら一緒《いっしょ》に行く事になってたかもね〜」

兄弟揃《そろ》って似《に》たような理由。そういや雄太《ゆうた》は甘党《あまとう》だった。

「最後お土産《みやげ》にケーキを持たせてもらったんだけど、美味《おい》しかったな〜」

「お前、ケーキ食った感想しかねぇのかよ……確《たし》かに美味《おい》しかったけど」

即座《そくざ》に兄からツッコミが入る。まあ、雄太《ゆうた》は物作りの天才だ。ケーキ作りも上手《うま》くやったのだろう。

「そういう上田《うえだ》はどうだったのさ？」

多鹿《たじか》が興味《きょうみ》に満《み》ちあふれた目を向けてきた。

「俺《おれ》は和菓子屋《わがしや》だったが、接客《せっきゃく》から和菓子《わがし》作りまで色々な事を学ばせてもらったな。ああ、そういや多鹿《たじか》……」

名前を呼《よ》ぶと、多鹿《たじか》は「うん？」と首を傾《かし》げる。

「お前のおかげで助かったよ、ありがとう」

「え、どういう意味!?」

突然《とつぜん》告げられた感謝《かんしゃ》に多鹿《たじか》は困惑《こんわく》している。「多鹿《たじか》の真似《まね》をして接客《せっきゃく》した」と面と向かって言うのは恥《は》ずかしい。

「着いたぞ！」

俺《おれ》はあえて話の流れを断《た》ち切《き》るように大きな声で言った。

目の前にあるのは大型のショッピングモール。そう、俺《おれ》たち天才四人衆《しゅう》は買い物に来ていた。遊び場もいくつかあるし、休日暇《ひま》だったらとりあえずここに来れば良い。

「まずどこから行く～？」

「そもそも買い物に行こうって言い出したのは壮太《そうた》だったよな？」

「ああ、服が買いたくてな。ちょっと付き合ってくれよ」

他に明確《めいかく》な目的がある者もいなかったので、全員で最初に服屋へ行った。

服屋と言っても、古着屋。実は、壮太《そうた》はちょっと癖《くせ》のあるファッションセンスをしている。

「これなんか、すげーイカしてねぇか？」

壮太《そうた》がジャケットを一着持ってくる。大量のポケットに、よく分からないところから飛び出ている紐《ひも》……こういう服を着ているから、口調も相まって余計威圧的《よけいいあつてき》に見えるのだ。

「兄ちゃん、やめときなよ～」

ドン引きする弟。的確《てきかく》な指摘《してき》だ。

「そういや、壮太《そうた》は今日いくら持ってきたんだ？」

ふと気になって聞いた。古着屋で売られている服の中にはブランド品が紛《まぎ》れていたりする。特徴的《とくちょうてき》な服ほど値《ね》が張《は》ったりするものだ。

「ああ、今日は……」

ポケットに手を突《つ》っ込《こ》む壮太《そうた》。財布《さいふ》を取り出そうとしているのだろう。

だが、なかなか手を引《ひ》き抜《ぬ》かない。ポケットの中でしばらく手をもぞもぞと動かす。

「あれ……？」

表情《ひょうじょう》に焦《あせ》りが見え始める。

三人は悟《さと》った。いつものやつだ。

「やべぇ、財布忘《さいふわす》れた」

ショッピングモールに買い物に来たのに、財布《さいふ》を忘《わす》れた……たった今、壮太《そうた》はやる事がなくなった。まあ、そのジャケットを買わずに済《す》んだのは良かったかもしれない。

「なら、忘《わす》れ物頭脳戦《ものずのうせん》！　……とはいかないよね」

忘《わす》れたのは財布《さいふ》。だが、本質的《ほんしつてき》にはお金だ。お金をごまかして工面するなど、犯罪《はんざい》になりかねない。

壮太《そうた》は寂《さび》しげな表情《ひょうじょう》で手に持っていたジャケットを元あった場所に戻《もど》してきた。

「大丈夫《だいじょうぶ》だ。あんなジャケットを買う人間は滅多《めった》にいない。多分次来るまで残ってるぞ」

励《はげ》まし半分、皮肉半分。

「俺《おれ》今日やる事なくなったじゃねぇか」

「別にお金を使わなくても楽しめるんじゃない～？」

「そうだよ！　ショッピングモールなんて歩くだけでもテンション上がるもんでしょ」

二人も励《はげ》ましを入れる。

「じゃあ、これからどこに行こうか？」

「とりあえず適当《てきとう》にぶらぶら歩いて、気になったお店に入れば良いんじゃないかな！」

俺《おれ》の問いに、多鹿《たじか》が提案《ていあん》する。ひとまず古着屋を出てショッピングモール内を適当《てきとう》に歩き回る事になった。

古着屋があったのは二階。ショッピングモールは二階建てで、中央が吹《ふ》き抜《ぬ》けになっており一階が見渡《みわた》せる。

「あれ、何だろう？」

少し歩いたところで、多鹿《たじか》が急に立ち止まった。一階の方を指差す。

見ると、一階中央のホールに特別ステージが設《もう》けられていた。遠目で詳《くわ》しくは分からないが、大きく「クイズ大会」と書かれたのぼりが見える。

「クイズ大会か……」

「あそこでは普段《ふだん》から色々やってるよね～。ダンスや演奏《えんそう》みたいなパフォーマンスとか、フリーマーケットとか～」

「面白《おもしろ》いイベントだと思うけど、僕《ぼく》たちが参加するわけにはいかないね……」

多鹿《たじか》が苦笑いしながら言った。

よくテレビのクイズ番組などを見たりするが、ほとんど間違《まちが》えた事がない。仮《かり》にも俺《おれ》たちは天才。当然、単純《たんじゅん》な学力以外に雑学《ざつがく》も備《そな》えている。ショッピングモールで催《もよお》されるクイズ大会なんかに参加するのは場違《ばちが》いだ。優勝《ゆうしょう》して何か良い事があるなら別だが……。

「いや、待てよ」

その時だった。ふと閃《ひらめ》いた。

「もしかしたら優勝《ゆうしょう》賞品があるんじゃないか？」

「それはあるかもしれないけど……もしかして参加するの？」

「あくまで予想だが、ショッピングモールで催《もよお》されるイベントの商品って、大体お買《か》い物《もの》券《けん》とかじゃないか？」

すると、壮太《そうた》が目を輝《かがや》かせる。

「それじゃあ、あのジャケットが買えるかもしれねぇな」

「いや、買わなくて良いと思うけど～」

残念ながら、弟の声はもう届《とど》かない。壮太《そうた》は見るからにやる気満々だ。

「まあ、とりあえず優勝《ゆうしょう》賞品が何なのか確認《かくにん》しに行くか」

俺《おれ》たちは壮太《そうた》を先頭に一階中央ホールへと向かった。

クイズ大会は出場者を募集《ぼしゅう》している段階《だんかい》だった。

「やっぱりあるじゃねぇか、お買《か》い物券《ものけん》」

壮太《そうた》がニヤニヤしながら言う。別に悪い事をするつもりはないが、悪人面《づら》だ。

優勝《ゆうしょう》賞品はこのショッピングモールで使えるお買《か》い物券《ものけん》三万円分だった。全ての店で使えるらしく、当然あの古着屋でも使える。ちなみに二位の賞品が高級マスクメロンで、三位の賞品が高級ハムらしい。

壮太《そうた》がエントリーしに行く。俺《おれ》たちはクイズ大会を観戦するつもりでいたが、受付の方から壮太《そうた》が俺《おれ》たちを呼《よ》んだ。

「どうしたんだ？」

「四人一チームで挑《いど》めるらしいんだ」

ちょうど天才四人衆《しゅう》全員で参加できるらしい。

「いや、それはさすがに……」

「遠慮《えんりょ》は無用ですよ。午前の部では、一人で全問正解《せいかい》した方がいましたから」

受付の女性《じょせい》が言った。

「午前の部、というのは～？」

「今受付しているのは午後の部です。最後は午前の部と午後の部、それぞれの優勝者《ゆうしょうしゃ》と準優勝者《ゆうしょうしゃ》の計四チームで決勝を行います」

なるほど、今から始まるのは予選らしい。いくら予選といえど、一人で全問正解《せいかい》はすごい。壮太《そうた》の脅威《きょうい》になる可能性《かのうせい》がある。

「じゃあ、四人で参加します」

壮太《そうた》が勝手に言い出した。

「分かりました。では、四名で登録しておきますね」

どうやら、本気で勝ちたいらしい。どれだけあのジャケットが欲《ほ》しいんだ……。

まあ、他にやる事も無いし良いだろう。多鹿《たじか》と雄太《ゆうた》も同じ判断《はんだん》に至《いた》ったようだ。

「基本《きほん》は兄ちゃんが答えてよね～」

「ああ、大丈夫《だいじょうぶ》だ。俺《おれ》が分からねぇ問題なんて出ねぇだろうからな。お前らはあくまで保《ほ》険《けん》だ」

かなりの自信。

それから、俺《おれ》たちはクイズ大会開始まで近くで待機した。

＊＊＊

「それでは、クイズ大会の午後の部を開催《かいさい》しま〜す！」

司会者の一言と共に、盛大《せいだい》な拍手《はくしゅ》が巻《ま》き起《お》こった。思ったよりオーディエンスがいる。二階から見ている人もいるほどだ。

俺《おれ》たちは特設《とくせつ》ステージの上に設置《せっち》された解答台《かいとうだい》にいた。壮太《そうた》が椅子《いす》に座《すわ》り、他三人はその周りに固まって立っている。

「ルール説明をします。解答《かいとう》は早押《はやお》し形式、チームの代表者一人が答えてください。お手付きをした場合、その問題に対する解答権《かいとうけん》は無くなります。全チームがお手付きをするか、出題から三分経過《けいか》しても正解《せいかい》が出なかった場合、ノーゲームとして次の問題に移《うつ》ります。五ポイント先取、優勝《ゆうしょう》チームと準優勝《じゅんゆうしょう》チームが決まり次第《しだい》午後の部は終了《しゅうりょう》です」

要は、五問正解《せいかい》したら予選抜《ぬ》け。

両隣《りょうどなり》を見た。出場チームは俺《おれ》たちの他に三つ。家族連れが二チームに、大学生三人組が一チーム。

無論《むろん》、やるからには手を抜《ぬ》くつもりはない。決勝に強敵《きょうてき》を残している以上、予選くらい一位で通過《つうか》させてもらう。といっても、主に答えるのは壮太《そうた》だが。

「それでは、皆《みな》さんの健闘《けんとう》をお祈《いの》りします！」

早速《さっそく》始まるようだ。壮太《そうた》は既《すで》に解答《かいとう》ボタンの上に手を置いている。ガチ過《す》ぎだろ……。

「では、第一問。世界三大ち……」

まだ問題文がほとんど読み上げられていない段階《だんかい》で壮太《そうた》が解答《かいとう》ボタンを押《お》した。

「キャビア、フォアグラ、トリュフ」

「正解《せいかい》～！」

司会者がマイクを使い、辺りに響《ひび》き渡《わた》るような声で言う。

中学生にこの言葉は不適切《ふてきせつ》かもしれないが、ハッキリ言って大人気《おとなげ》ない。実の弟が後ろで何とも複雑《ふくざつ》そうな表情《ひょうじょう》をしていた。

世界三大珍味……クイズではお馴染《なじ》みの問題だ。予選の一問目という事で、難易度《なんいど》低めの設定《せってい》だったのだろう。

「凄《すさ》まじい速度での解答《かいとう》でした。それでは、イカしたジャケットチームに一ポイント差し上げます」

「おい、イカしたジャケットって何だ？」

司会者の言葉に、思わず小声で反応《はんのう》した。

「チーム名が必要って言われたから、適当《てきとう》に付けておいた」

チーム名から、優勝《ゆうしょう》賞品が何に使われるのか分かる。

「あのジャケットへの執念《しゅうねん》、すご過《す》ぎでしょ……」

多鹿《たじか》でさえちょっと引いている。もはや取《と》り憑《つ》かれているかのよう。

「では、続いての問題です。朝は四本足……」

また壮太《そうた》が早い段階《だんかい》で解答《かいとう》ボタンを押《お》した。

「人間」

「正解《せいかい》～。イカしたジャケットチーム強い！　二連続での正解《せいかい》です」

今度は雑学《ざつがく》というより、なぞなぞ。これも有名な問題だ。朝は四本足、昼は二本足、夜は三本足の生物は何か？　人間の一生を朝、昼、夜に例え、朝は赤ちゃんだから四本足、昼は大人《おとな》だから二本足、夜はお年寄《としよ》りで杖《つえ》をつくから三本足という理屈《りくつ》。朝が赤ちゃんというこじつけが入るため、事前に知っていないと答えるのが難《むずか》しい問題だ。

予想していた通り、壮太《そうた》の無双状態《むそうじょうたい》。

「では、次の問題です。これは計算問題なので、早さより正確性《せいかくせい》が求められます」

司会者が分かりやすく壮太《そうた》の方を見る。

「三百十足す、四百二十三足す、二百七十一足す、百九十九は？」

言い終えた瞬間《しゅんかん》、壮太《そうた》がボタンを押《お》す。今回は大学生チームもボタンを押《お》していた。だが、僅差《きんさ》で壮太《そうた》の方が早い。

「千二百三」

「せ、正解《せいかい》です！」

司会者も驚《おどろ》いている。容赦《ようしゃ》のない三連続最速解答《かいとう》にオーディエンスたちは大盛《も》り上《あ》がり。

今回の問題はフラッシュ暗算だ。数字が言われた瞬間《しゅんかん》には、既《すで》に計算を終えている事が前提《ぜんてい》。トップレベルの世界では、数字が表示《ひょうじ》される時間は二秒を下回る。司会者がゆっくり読み上げている間に壮太《そうた》の頭の中では計算が終わっていただろうし、最後の一桁《けた》が分かった瞬間《しゅんかん》ボタンを押《お》していても不思議ではない。

「それでは、次が四問目です」

褒《ほ》め讃《たた》える声もなく、司会者が次に行く。

「マグロ、サケ、サバ、サンマ……」

例の如《ごと》く、壮太《そうた》がボタンを押《お》す。まだ魚の名前を羅列《られつ》しただけ。

「サケ」

「正解《せいかい》です」

司会者ももう慣《な》れたらしく、淡々《たんたん》と正解《せいかい》を告げた。

まだ問題を全部聞いていないが、この中で仲間外れがいるとしたらサケだ。サケだけ白身魚で他は赤身魚。おまけに淡水《たんすい》でも海水でも生活できるのはサケだけ。問題文の予測《よそく》まですとは……壮太《そうた》らしい。

「イカしたジャケットチーム、早くもリーチです！」

最速リーチ。他三チームの間には既《すで》に諦《あきら》めムードが漂《ただよ》っている。見据《みす》えているのは準優《じゅんゆう》勝《しょう》の枠《わく》だ。

「では、五問目。特許権《とっきょけん》、実用新案権《けん》、意匠権《いしょうけん》、著作権《ちょさくけん》、商標権《しょうひょうけん》、今述《の》べた他に……」

やはりボタンを押《お》したのは壮太《そうた》だった。もう誰《だれ》も驚《おどろ》かない。

「育成者権《けん》」

「正解《せいかい》。イカしたジャケットチーム、あまりにも強い！　見事一位で予選通過《つうか》です」

司会者の言葉の後、盛大《せいだい》な拍手《はくしゅ》が送られる。

最後の問題は明らかに中学生向けじゃない。正解《せいかい》させる気が無かったのだろう。司会者が述《の》べたのは全て知的財産基本法《ざいさんきほんほう》に関連するもの。欠けている中で一番答えやすいのは育成者権《けん》だ。本来、答えられるのは大学生のうち法律《ほうりつ》について勉強している者くらいだろうが、俺《おれ》たちには通用しない。

イカしたジャケットチームの四人はすぐにステージを下りた。残り三チームで引き続き進行し、二位通過《つうか》のチームと一緒《いっしょ》に決勝に出場する事になる。

「決勝まで時間がありそうだし、適当《てきとう》にその辺を歩いて回るか」

何事も無かったかのように言う壮太《そうた》。

「ジャケット買ってあげれば良かったかな～」

「いや、もう遅《おそ》いと思う……」

決勝も壮太《そうた》が無双《むそう》して終わったら展開《てんかい》的に面白《おもしろ》くないだろう。だが、もう後戻《あともど》りはできない。当の本人はやる気満々だし、オーディエンスの盛《も》り上《あ》がり様を見るに、棄権《きけん》も気まずい。

壮太《そうた》以外複雑《ふくざつ》な心境《しんきょう》の中、決勝までの暇《ひま》つぶしにショッピングモール内を色々見て回った。

＊＊＊

決勝開始時刻《じこく》になった。俺《おれ》たちは再《ふたた》び一階中央ホールの特設《とくせつ》ステージ前に集まっていた。決勝という事で、オーディエンスが明らかに増《ふ》えている。

「それでは、皆様《みなさま》お待たせ致《いた》しました。遂《つい》に決勝の開幕《かいまく》で〜す！」

司会者がオーディエンスたちを煽《あお》るように言う。

「出場する四チームは、名前を呼《よ》ばれたらステージに上がってください」

まず呼《よ》ばれたのは予選で一緒《いっしょ》だった大学生三人チームだった。一瞬《いっしゅん》だが、フラッシュ暗算で壮太《そうた》と張《は》り合《あ》えたのだ。勝ち上がってくる事は想定していた。次に呼《よ》ばれたのは大人《おとな》二人組のチーム。見たところ、夫婦《ふうふ》だろうか。

「次にお呼《よ》びするのは、イカしたジャケットチーム！　午後の部では無類の強さを誇《ほこ》りました。決勝でも期待が高まります」

オーディエンスから大歓声《だいかんせい》が巻《ま》き起《お》こる。これが本当にショッピングモールで催《もよお》されるクイズ大会の規《き》模《ぼ》か？　壮《そう》太《た》の熱意からクイズ大会の盛《も》り上《あ》がりまで、ずっと置いてけぼりだ。

俺《おれ》たち四人は予選の時と同じフォーメーションで解《かい》答《とう》台についた。

「それでは、いよいよ最後の出場チームになります」

直後、また歓声《かんせい》が沸《わ》き起《お》こった。心なしか俺《おれ》たちの時より大きい気がする。

「午前の部では圧倒的《あっとうてき》な強さを見せつけ、一位通《つう》過《か》。しかも、決勝出場チームの中では唯《ゆい》一《いつ》の一人参加です！」

一人参加……間違《まちが》いなく強敵《きょうてき》だ。まあ、うちのチームも実質《じっしつ》一人参加のようなもの。負けてはいない。

「メロン愛好家チーム！」

司会者がチーム名を呼《よ》んだ。一人参加の時点でチームではない。明らかに準優勝《じゅんゆうしょう》賞品の高級マスクメロンを狙《ねら》いに来ている名前。どれだけメロンが好きなんだ……なんて思っていると、メロン愛好家がステージに上がってきた。

「……は?」

思わず声を漏《も》らしてしまった。

そこにいたのは、見破《みやぶ》先生だった。見間違《みまちが》いかと思って何度も目を擦《こす》って見直してみるが、結果は同じ。私服姿《しふくすがた》は初めてだが、その喜怒哀楽《きどあいらく》を搭載《とうさい》していないような真顔は見慣《みな》れている。

オーディエンスの盛《も》り上《あ》がりは最高潮《さいこうちょう》。見破《みやぶ》先生は余裕綽々《よゆうしゃくしゃく》の態度《たいど》で解答《かいとう》台の椅子《いす》に座《すわ》った。

「え、嘘《うそ》でしょ……」

「先生って、メロン好きだったんだ〜」

二人とも驚《おどろ》きの声を発する。そんな中、壮太《そうた》だけが狼狽《うろた》えていなかった。

「俺《おれ》たち相手に一人で大丈夫《だいじょうぶ》なんですか?」

「勘違《かんちが》いも甚《はなは》だしい。あなたたちには良いハンデです」

スポーツ漫画《まんが》でありそうなやり取り。ジャケットとメロン……既《すで》に二人の間で熾烈《しれつ》な戦いが繰《く》り広《ひろ》げられているらしい。

「以上、四チームで優勝《ゆうしょう》賞品をかけて競《きそ》い合ってもらいます。ルールは予選と同じ。五ポイント先取になります。それでは、第一問」

早速《さっそく》始まる。

壮太《そうた》は早押《はやお》しの姿勢《しせい》を取る。対して、見破《みやぶ》先生はボタンの上にスッと手を置くだけ。余《よ》裕《ゆう》の表情《ひょうじょう》。

「一九〇五年、マックス・ヴェーバーによって……」

解答《かいとう》ボタンが鳴る。また壮太《そうた》か……と思ったが、壮太《そうた》はまだ押《お》せていなかった。押《お》したのは隣《となり》のメロン愛好家。

「プロテスタンティズムの倫理《りんり》と資本主義《しほんしゅぎ》の精神《せいしん》」

「正解《せいかい》です！　さすがの解答《かいとう》速度。メロン愛好家のお姉さんに一ポイントです」

司会者も「チーム」と呼《よ》ぶのを止《や》めたらしい。

予選から打って変わって、問題の難易度《なんいど》がはね上がっている。

「クソ、略称名《りゃくしょう》しか知らなかった……」

この本は大学の講義《こうぎ》に参考資料《しりょう》として用いられる事がある。その長過《す》ぎる名前が故《ゆえ》に、「プロ倫《りん》」と略《りゃく》されて呼《よ》ばれる事が多い。

「では、二問目。タコを英語で……」

今度は凄《すさ》まじい速度で壮太《そうた》がボタンを押《お》す。

「Ｏｃｔｏｐｕｓ《オクトパス》」

「不正解《せいかい》です！　イカしたジャケットチーム、お手付きによりこの問題の解答権《かいとうけん》はありません」

焦《あせ》り過《す》ぎだ。一問目の難易度《なんいど》を考えれば、今の問題は簡単《かんたん》過《す》ぎる。おそらく、問題文にはまだ続きがあるはずだ。

「では、続きを読みます。タコを英語でＯｃｔｏｐｕｓ《オクトパス》と言いますが、シャコは英語で何と言うでしょう？」

司会者が問題を言い終えた後、悠々《ゆうゆう》と見破《みやぶ》先生が解答《かいとう》ボタンを押《お》した。他チームは分かっていない様子。

「Mantis shrimp《マンティスシュリンプ》」

「正解《せいかい》！　午前の部からの勢《いきお》い止まらず、二問連続正解《せいかい》です」

直訳《ちょくやく》すると、カマキリエビ。見事正解《せいかい》だ。

見破《みやぶ》先生は問題文の引っかけを見抜《みぬ》いていた。さすが、冷静だ。本来なら壮太《そうた》も見抜《みぬ》けていただろうが、見破《みやぶ》先生のあまりの解答《かいとう》速度を前に焦《あせ》ってしまった。

私立《しりつ》堅野《かたの》学院中学校には全国から秀才《しゅうさい》が集まる。そんな学校で教鞭《きょうべん》をとっているのだ。超絶《ちょうぜつ》エリート。当然、担当《たんとう》教科以外の知識《ちしき》も豊富《ほうふ》だろう。

「おい上田《うえだ》。さっきのプロ倫《りん》の問題、お前は分かってたよな……？」

その時だった。壮太《そうた》が俯《うつむ》きながら聞いてきた。

「ああ、まあな」

「……頼《たの》む、お前ら三人も協力してくれ」

プライドが高い壮太《そうた》にしては意外な申し出。

「いや、でも～」

「お前らも負けるのは嫌《いや》だろ？」

その一言で、俺《おれ》たちの表情《ひょうじょう》は変わった。

「あの見破《みやぶ》先生が全力で相手してくれてるんだぜ？　戦ってみたくないのか？」

ジャケットという目的のために俺《おれ》たちを利用しようとしているのは明白。しかし、そこまで言われたら……。

「仕方ないな〜」

「まあ、こんな面白《おもしろ》い展開滅多《てんかいめった》にないだろうからね！」

「やるからには、負けは許《ゆる》されないぞ」

勝負してみたいというスイッチが入ってしまう。どうやら、多鹿《たじか》も雄太《ゆうた》も同じだったようだ。

全員がボタンの上に手を置く。フォーメーションチェンジ。ここからは壮太《そうた》一人ではなく、天才四人衆《しゅう》としての挑戦《ちょうせん》だ。

「では、三問目に参ります」

聴覚《ちょうかく》を研《と》ぎ澄《す》ませる。今まで適当《てきとう》に聞き流していたが、解答《かいとう》者に回った途端意識《とたんいしき》が大きく変わる。

「建築《けんちく》等を行う際《さい》、水平……」

ボタンが押《お》された。解答権《かいとうけん》はうちのチーム。まだ見破《みやぶ》先生もボタンを押《お》していないし、俺《おれ》も答えが分かっていない。

「墨《すみ》出し〜」

「正解《せいかい》！　やはり、イカしたジャケットチームも負けていません」

ボタンを押《お》したのは雄太《ゆうた》だったらしい。

墨《すみ》出し……聞いた事がある。確《たし》か、施工図《せこうず》に水平位置や中心位置の情報《じょうほう》を記す作業の事だ。さすが雄太《ゆうた》。建築《けんちく》に携《たずさ》わった経験《けいけん》はないだろうが、物作りに関しては詳《くわ》しい。

「では、続いて四問目。会話の中で相手が言った事を繰《く》り返《かえ》し……」

またボタンが押《お》された。今度は見破《みやぶ》先生も押《お》している。だが、僅差《きんさ》で早かったのはうちのチームだ。押《お》したのは多鹿《たじか》。

「バックトラッキング！」

「正解《せいかい》です！　ここで午前の部と午後の部の一位通過《つうか》チームが並《なら》びました」

オーディエンスも大盛《も》り上《あ》がり。

バックトラッキング……要はオウム返しだ。相手が言った事を反復《はんぷく》して言う事で、相手は話を理解《りかい》してくれたと安心する。会話で使えるテクニック。多鹿《たじか》の得意分野だ。

「それでは、続いて五問目」

一気に二問連続正解《せいかい》。やはり、四人で答えれば見破《みやぶ》先生も敵《てき》ではない。

「あはれ花びら……」

今度は見破《みやぶ》先生がボタンを押《お》した。早過《はやす》ぎる。

「三好達治《みよしたつじ》」

「なんと、正解《せいかい》です！」

俺《おれ》たち四人は誰《だれ》もボタンを押《お》せなかった。

「今のって～」

「ああ、そういう事だ」

司会者が読み始めたのは、三好達治《みよしたつじ》の『甃《いし》のうへ』という詩だ。そこまでは分かったものの、問題が作者を聞いているのか、作品名を聞いているのか分からなかった。だから四人共ボタンを押《お》せなかったのだ。見破《みやぶ》先生は俺《おれ》たちを上回るために、二分の一の賭《か》けに出た。

「メロン愛好家リーチとなるか、六問目です」

見破《みやぶ》先生が狙《ねら》っているのは二位の賞品のメロン。つまり、優勝《ゆうしょう》を目指しているわけではない。ここであり得るのが、リーチまでいって手を抜く可能性《かのうせい》。そうなってしまえば真剣《しんけん》勝負は終わってしまう。現状《げんじょう》、手を抜《ぬ》いている様子はないが、その可能性《かのうせい》が捨《す》て切れない以上俺《おれ》たちにとっては実質《じっしつ》今がリーチだ。

「結論《けつろん》、理由……」

ボタンが押《お》された。五問目とは比《くら》べ物《もの》にならないほどの早さ。まだどんな問題なのか想《そう》像《ぞう》すらついていないし、当然見破《みやぶ》先生もボタンを押《お》していない。

押《お》したのは壮太《そうた》だった。分かっているのだろう。ここで見破《みやぶ》先生にポイントを取られたら勝負が終わってしまう可能性《かのうせい》がある事を。先ほどの見破《みやぶ》先生以上の賭《か》けに出たのだ。

「PREP法《プレップ》」

「せ、正解《せいかい》です！　イカしたジャケットチーム、早くも追いつきました」

壮太《そうた》は賭《か》けに勝ったようだった。

これも会話に関する技法《ぎほう》の一つ。結論《けつろん》、理由、事例、再度結論《さいどけつろん》の順番で話す事によって、話に説得力をもたらす。話術《わじゅつ》の得意分野は多鹿《たじか》だが、多鹿《たじか》に任《まか》せていては見破《みやぶ》先生に先を越《こ》されていた可能性《かのうせい》がある。先を見通す力に優《すぐ》れている壮太《そうた》だからこそ、多鹿《たじか》の出番を奪《うば》って先に仕《し》掛《か》けたのだ。

「どちらが先にリーチに手を掛《か》けるのか。七問目です」

問題文の理解《りかい》どころか、予測《よそく》が求められる高次元のやり取り。より一層《いっそう》集中力を高める。

「三百八×二千八百十一×四百二十三×……」

予選にもあった計算問題。しかし今回は掛《か》け算《ざん》の上、桁《けた》が大き過《す》ぎる。こんなの……いや、待てよ？

確証《かくしょう》はないが、俺《おれ》はボタンを押《お》した。

オーディエンスがざわつく。それもそのはず。まだ司会者は式を言い終えていない。

「答えは、ゼロです」

一瞬《いっしゅん》間が空いた。司会者が驚《おどろ》いた表情《ひょうじょう》を見せる。

「正解《せいかい》です……」

やっぱりだ。勘《かん》が当たった。

「すみません、なぜ分かったのか教えてもらえますか？」

あまりの早さに信じられないようで、司会者が聞いてくる。

「簡単《かんたん》です。あのままいけば答えの数字が大きくなる。到底《とうてい》暗算で答えられるものではありません。だから最後にゼロをかけて出題者の反射神経《はんしゃしんけい》を試《ため》す問題だと割《わ》り切《き》りました」

オーディエンスからまばらに拍手《はくしゅ》が起きる。

「さすがの発想力だな」

気付いていたのは俺《おれ》だけだったらしい。思い切ってボタンを押《お》して良かった。

「ここでイカしたジャケットチーム、リーチとなりました。メロン愛好家のお姉さんは優《ゆう》勝《しょう》を阻止《そし》する事ができるのか。続いて、八問目」

願わくばこのまま優勝《ゆうしょう》を決めておきたいところ。

「メロンの……」

見破《みやぶ》先生がボタンを押《お》した。まだ司会者はメロンしか言っていない。

「茨城県《いばらきけん》」

「正解《せいかい》です～！　さすがメロン愛好家。当然答えると思っていましたが、とてつもないスピードでした」

さすが、メロンへの執着《しゅうちゃく》が凄《すさ》まじい。茨城県《いばらきけん》が答えという事は、おそらくメロンの収穫量《しゅうかくりょう》一位がどの都道府県かを問う問題だったのだろう。輸入量《ゆにゅうりょう》など、他が問われる可能性《かのうせい》もあったが、見破《みやぶ》先生の読みは当たった。

「生徒を前に手を抜《ぬ》くような真似《まね》はしません。安心してかかってきなさい」

その時だった。見破《みやぶ》先生がこちらを向いてそんな言葉を放った。そして「お買《か》い物券《ものけん》でもメロンは買えますからね」と付け加える。

どうやら俺《おれ》たちの懸念《けねん》は杞憂《きゆう》だったようだ。次が正真正銘《しょうしんしょうめい》最後の問題。真剣《しんけん》勝負だ。

「さて、両チーム王手を掛《か》けました。次の問題で優勝《ゆうしょう》チームが決まる可能性《かのうせい》が非常《ひじょう》に高くなっております。それでは、九問目です」

全神経《ぜんしんけい》を集中させる。

「この辺りにお住まいの方なら一度は足を運んだ事があるでしょう、堅野《かたの》商店街に関する問題。堅野《かたの》商店街で人気の和菓子屋《わがしや》さんと言えば、小寺屋《こてらや》ですが……」

誰《だれ》もボタンを押《お》さない。小寺屋《こてらや》が答えだとしたら簡単過《かんたんす》ぎる。どう考えても引っかけだ。ここに来て急に毛色の違《ちが》う問題。しかもタイムリー。俺《おれ》は職場《しょくば》体験で小寺屋《こてらや》にお世話になっている。圧倒的《あっとうてき》有利だ。

「小寺屋《こてらや》で一番人気の……」

甘党《あまとう》だから知っていたのだろう、雄太《ゆうた》がボタンを押《お》そうとした。だが、俺《おれ》はとっさの判《はん》断《だん》で雄太《ゆうた》の腕《うで》を掴《つか》んで止めた。代わりに誰《だれ》かがボタンを押《お》した音が聞こえる。押《お》したのは見破《みやぶ》先生だった。

「最中《もなか》」

優勝《ゆうしょう》が決まるかもしれない瞬間《しゅんかん》。司会者は今までと違《ちが》い、溜《た》めを作る。

「不正解《せいかい》です！」

司会者が言い放った。

確《たし》かに、小寺屋《こてらや》の名物は最中《もなか》だ。当然一番人気でもある。しかし、「最中《もなか》」という解答《かいとう》では不十分だ。なぜなら、小寺屋《こてらや》の最中《もなか》にはいくつか種類があるから。おそらく、問題文にはまだ続きがあるはず。

「では、続きを読み上げます。小寺屋《こてらや》で一番人気の最中《もなか》の味は何でしょう？」

最後まできちんと読み上げられたのを確認《かくにん》してから、俺《おれ》はボタンを押《お》した。

「粒《つぶ》あん」

「正解《せいかい》！」

司会者が今度は溜《た》めを作る事なく言った。お手付きにより、メロン愛好家との勝負は終わったのだ。もう期待を寄《よ》せるような展開《てんかい》は起こらない。

ショッピングモール中から大歓声《だいかんせい》が巻《ま》き起《お》こる。これだけ盛《も》り上《あ》がるとは、おそらく誰《だれ》も予想していなかっただろう。

「これは、やられましたね……」

見破《みやぶ》先生が呟《つぶや》く。だが、悔《くや》しそうな感じではない。その証拠《しょうこ》に、見破《みやぶ》先生は笑《え》みを浮《う》かべていた。初めて見る。

俺《おれ》たちは拍手《はくしゅ》に迎《むか》えられながらステージを下りた。

それからの展開《てんかい》は順当そのもの。メロン愛好家が無事正解《せいかい》して準優勝《じゅんゆうしょう》。見破《みやぶ》先生もステージを下りてくる。

「見破《みやぶ》先生って、メロンがお好きだったんですね～」

「そうですが？」

またいつもの真顔に戻《もど》っている。しかも、心なしか威圧的《いあつてき》。やはり、好物を知られた事やクイズ大会で生徒と鉢合《はちあ》わせた事といい、なんやかんや恥《は》ずかしかったのだろう。

「まさか見破《みやぶ》先生があんなに強かったなんて……」

「当然です。とはいえ、いくら何でもあなた方四人が相手では分が悪かったようですね」

「でも良かったぜ……見破《みやぶ》先生に負けていたらジャケットが買えないところだった」

壮太《そうた》が言った瞬間《しゅんかん》、見破《みやぶ》先生は「いえ、そうはなりませんよ？」と口を出した。

「私《わたし》はメロンが手に入ればそれで十分でした。私《わたし》がお買《か》い物券《ものけん》、あなた方がメロンをいただいたとしたら、単にそれを交換《こうかん》すれば済《す》んだ話です」

盲点《もうてん》だった。確《たし》かに見破《みやぶ》先生の言う通りだ。後で交換《こうかん》できるとしたら、どちらが優勝《ゆうしょう》でどちらが準優勝《じゅんゆうしょう》かなど些末《さまつ》な問題。

「まあ、そのおかげで私《わたし》は本気で戦う事ができました。あなた方はいつも授業《じゅぎょう》中退屈《たいくつ》しているでしょう？　授業《じゅぎょう》のレベルはあなた方にとって低過《す》ぎますからね。久々《ひさびさ》に張《は》り合《あ》いがあったんじゃないですか？」

見破《みやぶ》先生はそう言い残し、去って行った。まだ三位決定戦がある。俺《おれ》たちのせいで残った二チームはまだ一ポイントも取れていない。表彰《ひょうしょう》までには少し時間が空くだろう。

「やっぱり見破《みやぶ》先生の観察眼《かんさつがん》はすごいな……」

ポロッと出た俺《おれ》の呟《つぶや》きに、三人は同意した。


三位のチームが確定《かくてい》した後、表彰式《ひょうしょうしき》が行われた。ちなみに、三位は予選で一緒《いっしょ》だった大学生三人組のチーム。

見破《みやぶ》先生はメロンを受け取った瞬間《しゅんかん》、即行《そっこう》で帰った。本当にメロンだけが目的でクイズ大会に参加していたらしい。どれだけメロンが好きなんだか……。

そして、お買《か》い物券《ものけん》を得た俺《おれ》たちは例の古着屋に戻《もど》る。

「何だかえらく遠回りしちゃった気分だね～」

「いや、楽しめたから良いんじゃないか？」

「元々遊びに来たんだし、そういう意味では目的達成かもね！」

「お前らはそうかもしれねぇが、俺《おれ》はジャケットを買いに来たんだ」

壮太《そうた》は古着屋の中をずんずん進んでいく。ジャケットを戻《もど》した位置を正確《せいかく》に覚えているらしい。

「お金は足りるのか？」

「ああ、そこまで高いジャケットじゃなかったからな。八千円くらいだったと思う」

意外に安い。まあ、あれだけ特殊《とくしゅ》なジャケット、普通《ふつう》誰《だれ》も買わないだろう。均衡《きんこう》価格《かかく》を上手《うま》く捉《とら》えていると言える。

貰《もら》った買《か》い物券《ものけん》は、一万円分が三枚《まい》。ジャケットを買ったとしても二枚《まい》は残る。また四人で買い物に来た時に使えば良い。それか、予選を一人で戦い抜《ぬ》いた壮太《そうた》にあげるか。

「兄ちゃん、どうしたの～？」

古着屋のある地点で歩みを止めた壮太《そうた》は、例のジャケットを探《さが》す。だが、なかなか見つからないようだった。分かりやすく焦《あせ》り出す。

「店員さんに聞いてみれば？」

「そ、そうだな」

大人《おとな》しく店員さんに聞きに行く壮太《そうた》。

「なあ、もしかして……」

「いや、無いでしょ～。あのジャケットだよ～？」

俺《おれ》はある予感がして雄太《ゆうた》と話す。

程《ほど》なくして、壮太《そうた》が戻《もど》ってきた。古着屋に向かう際《さい》とは対照的にトボトボした足取り。

それを見た俺《おれ》を含《ふく》む三人は察した。

「少し前に誰《だれ》かが買っていったらしい」

めちゃくちゃ悔《くや》しそうな表情《ひょうじょう》。「あのジャケットを買う客が壮太《そうた》以外に？」とか「変な買い物をせずに済《す》んだな」と言いたくなったが、クイズ大会での熱意を目《ま》の当《あ》たりにしている手前、とてもじゃないが言い出せない。

こうして、俺《おれ》たち四人の休日は終わった。忘《わす》れ物《もの》頭脳戦《ずのうせん》こそしていないが、状況《じょうきょう》からしてどう考えても壮太《そうた》の一人負けになった。

六戦目『あんこ』

堅中北校舎《かたちゅうほくこうしゃ》三階、理科室前。普段《ふだん》は人気《ひとけ》が少ない北校舎《こうしゃ》だが、今日は賑《にぎ》やかだった。

【堅中祭《かたちゅうさい》】。他校で言う文化祭や体育祭の事だ。堅中《かたちゅう》では文化祭と体育祭が二日連続で開催《かいさい》される事になっており、まとめて堅中祭《かたちゅうさい》と呼《よ》ばれている。

今日は堅中祭《かたちゅうさい》の一日目。早い話が、文化祭だ。

「今のところ順調だね～」

「主にお前のおかげでな」

授業日《じゅぎょうび》ならまだ朝礼をしている時間帯。俺《おれ》たち天才四人衆《しゅう》は模擬店《もぎてん》の設営《せつえい》をしていた。提供《ていきょう》するのはたい焼き。実は、今日の事を想定して小寺屋《こてらや》店主に作りやすい和菓子《わがし》について聞いていた。材料は生地《きじ》とあんこだけで良く、人気も高い。模擬店《もぎてん》で出すにはうってつけだろう。

周りには同じように模擬店《もぎてん》の設営《せつえい》をしている生徒が大勢《おおぜい》いる。中でも俺《おれ》たちは一際《ひときわ》順調に進んでいた。店の形式にもよるが、模擬店《もぎてん》……要は屋台の組み立てを一からするのは骨《ほね》が折れる。しかし、うちには物作りの天才、雄太《ゆうた》がいる。俺《おれ》たちが手を出すまでもなく、ほとんど一人で終わらせてしまった。

「材料を取りに行くのはいつだっけ？」

「まだ先だと思う。てか、届いたら見破《みやぶ》先生が呼《よ》びに来てくれるらしいから大丈夫《だいじょうぶ》だよ！」

冷蔵《れいぞう》で保存《ほぞん》する必要がある材料は、当日配達される事になっている。うちで言えばあんこや生地《きじ》作りに必要な卵《たまご》、牛乳《ぎゅうにゅう》などだ。

ここは学校。当然、大量の材料を保管《ほかん》するための業務用冷蔵庫《ぎょうむようれいぞうこ》は存在《そんざい》しない。材料が学校に届《とど》き次第《しだい》、自分たちで受け取りに行く事になっている。当日発注によるトラブルは毎年起こっているらしいが、こればっかりは仕方ない。無事に届《とど》くよう祈《いの》るだけだ。

俺《おれ》たちは早くも模擬店《もぎてん》を完成させた。あとは材料を待つだけ。ちなみに生地《きじ》作りに必要な素材《そざい》のうち、薄力粉《はくりきこ》など常温保存《じょうおんほぞん》できるものは既《すで》に模擬店《もぎてん》の中に搬入《はんにゅう》が完了《かんりょう》している。

「予想以上に早くできちまったし、校舎内《こうしゃない》を見て回るか」

壮太《そうた》の提案《ていあん》により、俺《おれ》たちは校内を少し散策《さんさく》する事にした。

いつもと違《ちが》う風景。多くの生徒が教室から出てきているせいで、どこの廊下《ろうか》も賑《にぎ》やかだ。模擬店《もぎてん》の種類も多種多様だった。フランクフルトなど俺《おれ》たちと同じように飲食物の提供《ていきょう》を行う店もあれば、お化け屋敷《やしき》やメイド喫茶《きっさ》など少し変わったコンセプトの店もある。ちなみに、飲食物を取《と》り扱《あつか》う店は少ない。堅中《かたちゅう》祭には生徒の保護者《ほごしゃ》や周辺地域《ちいき》の人など、一般人《いっぱんじん》も大勢《おおぜい》来校する。そのため、飲食物の提供《ていきょう》をするためには専用《せんよう》の試験に合格《ごうかく》する必要があるのだ。火器やガスを扱《あつか》う場合は試験内容《ないよう》も増《ふ》え難《むずか》しくなる。

いくら教員が監視《かんし》しているとはいえ、飲食物の提供《ていきょう》や火器の取《と》り扱《あつか》いは重大な事故《じこ》に発《はっ》展《てん》するリスクがある。大切なのは、扱《あつか》う者の責任感《せきにんかん》。それを試す目的《ため》があるため、試験ではいかに真面目《まじめ》かが問われる。過去《かこ》に起こった事故《じこ》の詳《くわ》しい事例など……堅中生《かたちゅう》でも事前勉強が無いと合格《ごうかく》は難《むずか》しい。

しばらく校内を散策《さんさく》していると見破《みやぶ》先生に出くわした。ジャージ姿《すがた》。スーツでは動きにくいし、私服《しふく》では一般《いっぱん》来場者と間違《まちが》われる可能性《かのうせい》があるからだろう。

「ああ、あなたたち。ちょうど今から呼《よ》びに行こうと思ってたんです。材料のうち一部が届《とど》きましたよ」

「一部……ですか？」

「ええ、確《たし》かあなたたちはたい焼きをやるんでしたよね？　卵《たまご》や牛乳《ぎゅうにゅう》、それからこしあんは届《とど》いているのですが、粒《つぶ》あんだけがまだ届《とど》いていません」

発注作業は先生たちが行うが、発注先の業者はある程度《ていど》自分たちで選ぶ事ができる。確《たし》か俺《おれ》たちはこしあんと粒《つぶ》あん、別業者に頼《たの》んでいたはずだ。まだ焦《あせ》る時間ではないが、材料が一つだけ遅《おく》れているとなると、少し嫌《いや》な予感がする。

「分かりました。昇降口《しょうこうぐち》に取りに行けば良いんですよね？」

「はい、そうです。よろしくお願いします」

見破《みやぶ》先生はそれだけ告げて去って行った。相変わらずの真顔。周りの浮《うわ》ついた雰囲気《ふんいき》とはかなりの温度差があるように見えた。

俺《おれ》たちは昇降口《しょうこうぐち》で材料を受け取った。そして自分たちの店へと戻《もど》る。

周りの模擬店《もぎてん》も既《すで》に形になってきている。さすが堅中《かたちゅう》生。要領《ようりょう》さえ掴《つか》めればあとは早い。

「開店前の最終確認《かくにん》でもしておきますか」

材料を店内のクーラーボックスに移《うつ》し終えてから壮太《そうた》が言い出した。確《たし》かに、やっておいた方が良いかもしれない。

「調理担当《たんとう》は雄太《ゆうた》と上田《うえだ》。俺《おれ》は会計。多鹿《たじか》は客の呼《よ》び込《こ》み。ポジショニングはこうだ」

物作りの天才である雄太《ゆうた》は当然調理担当《たんとう》として、俺《おれ》も職場《しょくば》体験で小寺屋《こてらや》に行っていた事からこの役になった。たい焼き作りは経験《けいけん》していないが、どうせ雄太《ゆうた》以外誰《だれ》がやっても大きな差は出ない。あとは話術《わじゅつ》に優《すぐ》れている多鹿《たじか》が表に立って、余《あま》った壮太《そうた》が会計役をする。

会計と言っても実際《じっさい》に金銭《きんせん》の受《う》け渡《わた》しを行うわけではない。客は事前に一定金額《きんがく》を引換《ひきかえ》券《けん》に替《か》えてから来るのだ。引換券《ひきかえけん》は百円券《けん》、三百円券《けん》、五百円券《けん》の三種類。釣銭《つりせん》を出す事ができないため、基本的《きほんてき》にどのクラスも商品代や入場料をこの三通りのいずれかにしている。ちなみに、うちのたい焼きは一つにつき百円だ。

「調理工程《こうてい》とかは大丈夫《だいじょうぶ》か？」

壮太《そうた》が俺《おれ》と雄太《ゆうた》の目を見た。

「ああ、問題ない」

たい焼き器に生地《きじ》を流《なが》し込《こ》み、ある程度《ていど》焼けてきたらあんこを入れて挟《はさ》み込《こ》む。細かなコツなどは一応《いちおう》勉強してきたが、工程《こうてい》が少ない分失敗のリスクはほぼないだろう。

「じゃあ、あとは粒《つぶ》あんが届《とど》くのを待つだけだね！」

「そうだな。そして、良いタイミングで……」

廊下《ろうか》の奥《おく》から見破《みやぶ》先生が歩いてくるのが見えた。粒《つぶ》あんを取りに来いと伝えにきたのだろう。

「材料が来たんですね？」

見破《みやぶ》先生に聞いた。だが、見破《みやぶ》先生は首を横に振《ふ》った。

「その事についてなんですが……トラブルが起こりました」

「トラブルって、まさか……」

「ええ、そのまさかです。業者側が配送作業を忘れていたらしく、今日粒《つぶ》あんは届《とど》きません」

今日粒《つぶ》あんは届《とど》きません……今日届《とど》かなければ意味がない。

実は、俺《おれ》たちはこの事態《じたい》をまったく予測《よそく》していなかったわけではなかった。だから粒《つぶ》あんとこしあん、それぞれ別の業者に依頼《いらい》していたのだ。しかし……。

「それじゃあ作れるたい焼きの数が半分になっちまうな……」

作れる量が半減《はんげん》。要は、店を早く閉《し》める事になる。

「申《もう》し訳《わけ》ありません」

見破《みやぶ》先生が頭を下げた。

「頭を上げてください。見破《みやぶ》先生は悪くありませんから。それに、まだ何かやれる事があるはずです」

無い物を何とかしてごまかす……毎度おなじみの展開《てんかい》だ。

四人で店をやるなんて機会、滅多《めった》にない。そんなに早く終わらせたくない。

「さすがですね。普通《ふつう》の生徒なら怒《おこ》ったり泣き出したりしても不思議ではない状況《じょうきょう》だというのに……。とはいえ、学校側《わたち》から手伝える事はありません。あなたたちが今回の窮地《きゅうち》をどう切《き》り抜《ぬ》けるのか……期待していますよ?」

いつも通りの真顔で言い、見破《みやぶ》先生は去って行った。心なしか、口調だけはいつもより柔《やわ》らかかったような気がした。それよりも、最後の台詞《せりふ》。まるで普段《ふだん》から俺《おれ》たちが頭脳戦《ずのうせん》をしている事を知っているかのようにも聞こえたが、そんなわけないよな……?

「さて、何とかするしかないね!」

「でも、今回はかなりの難題《なんだい》だよ～？」

「どのみち俺《おれ》たちで何とかするしかねぇ。さっさと切《き》り替《か》えるぞ」

三人が気合十分に言う。

今回はごまかす事ができない。なぜなら粒《つぶ》あんは食材だからだ。客の舌《した》の上を通り、胃の中に収《おさ》まる。代用は利《き》かないため、正真正銘粒《しょうしんしょうめいつぶ》あん……いや、この際《さい》種類はどうでも良い。とにかくあんこをどこかから調達してくる必要がある。

「まだ時間はある。とりあえずこしあんだけでたい焼きを販売《はんばい》するしかないな」

現状《げんじょう》良案は浮《う》かんでいないが、とりあえず店の運営《うんえい》を始めなければいけない。

開店準備《じゅんび》を進める。

＊＊＊

そして、チャイムが鳴った。

二日にわたる堅中祭《かたちゅう》開催《かいさい》の合図。校内全域《ぜんいき》に校長先生の開会宣言《せんげん》が響《ひび》き渡《わた》る。

「よし、じゃあ作り始めるか」

今頃《いまごろ》昇降口《しょうこうぐち》には一般《いっぱん》来場者が詰《つ》め寄《よ》せている事だろう。去年もそうだったから分かる。

無論《むろん》、注文が入ってから作る……なんて本格的《ほんかくてき》な事をしている暇《ひま》はない。基本《きほん》は作り置きだ。

まずボウルに薄力粉《はくりきこ》、重曹《じゅうそう》、ベーキングパウダーを入れる。そこに卵《たまご》、水、牛乳《ぎゅうにゅう》、砂糖《さとう》、塩を合わせた液体《えきたい》を加えてよく混《ま》ぜる。これで生地《きじ》の完成。火を点《つ》け、十分にたい焼き器が温まったら生地《きじ》を流《なが》し込《こ》む。火加減《ひかげん》は弱火。それなりに火が通り固まったら、こしあんをのせて生地《きじ》で挟《はさ》み込《こ》む。あとはたい焼き器をひっくり返しながら五分ほど焼いてやれば完成だ。完成したたい焼きは一旦《いったん》皿に置いておき、注文が入り次第《しだい》包み紙に入れて提供《ていきょう》する。

五個《こ》ほど作り終えた頃《ころ》には、俺《おれ》たちが店を構《かま》えている北校舎《こうしゃ》三階にも一般《いっぱん》来場者がチラホラ見えていた。まだ午前十時を過《す》ぎた頃《ころ》。こんな朝っぱらでも人が来ているのだ。午後からは混雑《こんざつ》が予想される。

早速多鹿《さっそくたじか》が店を離《はな》れる。数分後、一般《いっぱん》来場者を二人連れて戻《もど》ってきた。見たところ夫婦《ふうふ》。年齢的《ねんれいてき》に、生徒の親御《おやご》さんだろう。

たい焼きを一つお買い上げ。二人で分けて食べるらしい。

その後も多鹿《たじか》はどんどん客を連れてきた。さすが話術《わじゅつ》の天才。見かけた一般《いっぱん》来場者を片《かた》っ端《ぱし》から捕《つか》まえる。あくまであんこを調達する前提《ぜんてい》のペース。早いとこ何とかしないと、すぐに店を閉《し》める事になりそうだ。

「それで～？　上田《うえだ》君は何か策浮《さくう》かんだ～？」

隣《となり》でたい焼きを作りながら雄太《ゆうた》が聞いてきた。

「いや、正直何も浮《う》かんでない」

「僕《ぼく》たち以外にもあんこを使ってる模擬店《もぎてん》あったよね～」

「俺《おれ》も他店に分けてもらう策《さく》は考えたが、ほとんど意味ないだろうな。分けてくれたとしても少量だ。根本的な解決《かいけつ》にはならない」

普段《ふだん》の頭脳戦《ずのうせん》より厳《きび》しい状況《じょうきょう》。その上、思考に集中する事もできない。手元で火を扱っているのだ。気を逸《そ》らすと危《あぶ》ない。

「あ、あれって！」

その時だった。多鹿《たじか》が誰《だれ》かを見つけたようだった。すぐに店を離《はな》れる。

少し経《た》って連れてきたのは眼鏡《めがね》を掛《か》けた長身の男性《だんせい》。その顔には見覚えがあった。

「加藤《かとう》のお兄さんですよね？」

驚《おどろ》きで反射的《はんしゃてき》に質問《しつもん》してしまった。加藤《かとう》のお兄さん……この人も加藤《かとう》さんだ。よく分からない質問《しつもん》になってしまったが、加藤《かとう》兄は笑いながら首を縦《たて》に振《ふ》った。

「以前、弟が世話になったね」

爽《さわ》やかな口調。あの写真と同じ、青色のシャツを着ている。

「たい焼き、一つ貰《もら》おうかな」

引換券《ひきかえけん》を差し出してくる。

「滅多《めった》に日本に帰ってこないと聞いていましたが？」

会計担当《たんとう》の壮太《そうた》が受け取りながら聞いた。

「商店街のイベントで弟が良い表情《ひょうじょう》をしていたのに気付いてね。もう少し頻繁《ひんぱん》に帰ってくるべきだって思ったんだよ」

加藤《かとう》は兄の事が好きだ。商店街イベントでそれが伝わったのだろう。

「それと、あの一件《けん》以来弟が変わったような気がしたんだ。何だか頼《たの》もしくなった」

それに対し、壮太《そうた》が「元々頼《たの》もしい奴《やつ》ですよ」とたい焼きを手渡《てわた》す。

「加藤君《かとう》のお店にはもう行ったんですか〜？」

「いや、まだだよ。その前に君たちと話せて良かった。良い土産話《みやげばなし》になる」

そう言って、加藤兄《かとう》は去って行った。話すのは初めてだったが、何となく弟思いの良い人だな、と思った。

「そういや、加藤《かとう》って何の模擬店《もぎてん》をやってるんだ？」

「知らないな〜」

「てか、知るわけねぇだろ。他クラスなんだし」

「暇《ひま》があったら見に行くのも良いかもね！」

「暇《ひま》があればの話だけどね〜」

他店を見に行くどころか、まだ俺《おれ》たちの問題が解決《かいけつ》していない。これから客の数も増《ふ》えてくるだろう。割《わり》と危機的状況《ききてきじょうきょう》だ。

その後も俺《おれ》たちは元の役職《やくしょく》に戻《もど》りどんどんたい焼きを売っていった。あんこを調達する方法は浮《う》かばないのに、たい焼きだけが売れていく。

「おい、あとどれくらい作れる？」

「五個《こ》くらいかな〜」

多鹿《たじか》の働きもあり、たい焼きはかなり早いペースで売れた。

「多鹿《たじか》、一旦《いったん》客の呼《よ》び込《こ》みをストップしてくれ」

指示《しじ》を出しながら俺《おれ》もたい焼きを作る手を止める。

「それで、誰《だれ》か良い策《さく》は思い付いたか？」

答えは分かりきっているが、一応《いちおう》質問《しつもん》してみる。多鹿《たじか》、壮太《そうた》、雄太《ゆうた》、誰《だれ》も声を発しない。

「今回は難《むずか》しいな……」

「ごまかしが利《き》かないからね。絶対《ぜったい》にあんこを用意しないといけない」

多鹿《たじか》の言う通りだ。俺《おれ》たちは普段《ふだん》忘《わす》れ物《もの》頭《ず》脳《のう》戦《せん》をしているが、あれはあくまでごまかし。板書を取っているように見せかけたり、雨が降《ふ》っているように見せかけたりしているだけ。

「ちょっと待ってくれ。考えてみる」

最近薄々《うすうす》自覚してきたが、俺《おれ》の得意分野は発想力だ。今はたい焼き作りをストップしている。考えるのに集中できる。

まず、俺《おれ》たちが今困《こま》っている事は何だ？　あんこが無い事。要は材料不足。その解決手《かいけつしゅ》段《だん》は？　材料調達だ。今まで俺《おれ》たちはその線で考えてきた。良い策《さく》が思《おも》い浮《う》かばなかった以上、考える方向性《ほうこうせい》を変えるべきだろう。では、一体何を変えるべきか？　材料の方が無理なら、残すは一つしかない。たい焼きの方だ。しかし、たい焼き器と生地《きじ》しかない状況《じょうきょう》で、一体何が作れる……？

「いや、無理だ。たい焼きしか作れない」

「やっぱり上田《うえだ》の発想力を以《もっ》てしても無理か……」

俺《おれ》の呟《つぶや》きに、三人が落胆《らくたん》した表情《ひょうじょう》を見せる。

「違《ちが》う」

だが、俺《おれ》は一つだけ策《さく》を思いついていた。

その時だった。

「たい焼き屋は順調かい？」

奇跡的《きせきてき》なタイミングで、ある客が店に訪《おとず》れた。小寺屋《こてらや》の店主だ。隣《となり》にはお婆《ばあ》さんもいる。

実は作りやすい和菓子《わがし》について聞いた時、流れで誘《さそ》っておいたのだ。

「来てくださったんですね！　ありがとうございます」

まずは礼を言う。そして間髪容《かんはつい》れずにこう質問《しつもん》した。

「突然《とつぜん》で申《もう》し訳《わけ》ないんですが……たい焼きに卵《たまご》って挟《はさ》めますか？」

周りの反応《はんのう》を見るに、俺《おれ》の発言を理解《りかい》できた者はいないようだった。

「たい焼きに卵《たまご》って、一体どういう事だ？」

壮太《そうた》が不思議そうな表情《ひょうじょう》で聞いてくる。

「たい焼きの中身があんこじゃないといけないって発想が良くなかったんだよ。今ある食材の中で詰《つ》められるものを考えてみる。そしたら……」

「それで思《おも》い浮《う》かんだのが卵《たまご》だったんだね」と多鹿《たじか》。

「味付けは塩でいく。他に何も無いからな。中を割《わ》れば半熟卵《はんじゅくたまご》が出てくるしょっぱいたい焼きにするんだ」

「おかずたい焼きってわけだね〜。味付けが塩だけってのは物足りないけど、半熟卵《はんじゅくたまご》のインパクトが何とかしてくれるかも〜」

そう、俺《おれ》が考え出した策《さく》はおかずたい焼きだった。卵《たまご》と塩は生地《きじ》に使うために用意した物がある。元々多めに発注していたので、生地《きじ》を薄《うす》くすれば相当数余《あま》りが出るはずだ。

何とか考え出した策《さく》。これが限界《げんかい》だ。残る問題があるとすれば、それは……。

俺《おれ》たちは店主の顔を見つめる。アイデアが浮《う》かんだところで、実際《じっさい》に作れないと意味がない。

「事情《じじょう》は分からねぇが、とりあえず試《ため》してみたらどうだ？　何せ俺《おれ》たちもやった事ないもんでな」

いち早く動いたのは雄太《ゆうた》だった。火を点《つ》け、たい焼き器を温め直す。まず物作りが得意である自分がやってみるべきだと思ったのだろう。

「肝心《かんじん》なのは火加減《ひかげん》と卵《たまご》を落とすタイミングだ。中で半熟《はんじゅく》の目玉焼きを作るイメージ。過《か》熱《ねつ》が十分でないと、白身が生のままで食感が気持ち悪くなる」

店主が店頭から覗《のぞ》き込《こ》むようにして、雄太《ゆうた》にアドバイスした。さすがだ。俺《おれ》の話を聞いただけで頭の中に完成形がイメージできている。

たい焼き器が温まった事を確認《かくにん》した雄太《ゆうた》は、生地《きじ》を流し込《こ》んだ。

「火加減《ひかげん》は弱火。だが、あんこを包む時よりもしっかりめに生地《きじ》を焼く」

生地《きじ》が焼けた後、卵《たまご》を割《わ》り入《い》れる。それから塩を強めに振《ふ》って少し待つ。

「白身の透明感《とうめいかん》が薄《う》っすら曇《くも》り出したタイミングだ」

雄太《ゆうた》は店主の指示《しじ》通り、卵《たまご》の白身が変色を始めたタイミングで生地《きじ》を挟《はさ》み込《こ》んだ。あとは生地《きじ》を接着《せっちゃく》させるためだけにさっと火を通す。

「よし、できた～！」

まさかの一発で成功。さすが雄太《ゆうた》だ。包みに入れて半分に割《わ》ってみると、イメージ通り卵《たまご》の黄身がとろけた。

試食してみる。問題は味。これが悪ければ話にならない。

「意外といけるな」

「生地《きじ》が甘《あま》いから甘じょっぱい感じになってるね！」

「癖《くせ》になりそうかも～」

「卵《たまご》があふれ出てくる感じのインパクトも抜群《ばつぐん》だな」

意外と美味《おい》しい。味付けがシンプルになるため、塩はもう少し強めに振《ふ》っても良さそうだ。これならやっていけるかもしれない。

「大体要領《ようりょう》は把握《はあく》したよ～。試《ため》しにもう一つ作ってみるね～」

いつも通りマイペースな口調でたい焼き器を握《にぎ》る。あとは店主のアドバイスなしで作れるかどうか……。

雄太《ゆうた》はおかずたい焼きを作り始めた。素人目《しろうとめ》に見ても分かった。二回目というのに無駄《むだ》な動作が減《へ》っている。結果、クオリティはそのままに一回目より早いスピードでおかずたい焼きを作り上げた。

「完璧《かんぺき》だ。すごいセンスだな。小寺屋《うちや》に欲《ほ》しいくらいだ」

店主は引換券《ひきかえけん》を一枚《いちまい》出してきた。どうやら、今雄太《ゆうた》が作った物を貰《もら》おうという事らしい。

「ありがとうございます。わざわざ来ていただいた上に、アドバイスまでいただいて……」

代表して俺《おれ》が礼を言う。

「なに、どうって事ねぇよ。それに、俺《おれ》たちは友達みてぇなもんだからな！」

「友達？」

店主の思いも寄《よ》らない発言に、思わず聞き返した。

「この前、お前さんは小寺屋《うちや》のピンチを救ってくれた。だから今回は俺《おれ》が助けたんだ。助け、助けられる……友情《ゆうじょう》を深める一番シンプルなやり方だろ？」

俺《おれ》は頭を下げた。助け合いこそ友情《ゆうじょう》……何だか大切な事を知れた気がする。

「私《わたし》にも作ってくれないかね？　新商品の参考にできるかもしれない」

今度はお婆《ばあ》さんが引換券《ひきかえけん》を出してくる。

「はい、喜んで〜」

雄太《ゆうた》が嬉《うれ》しそうに返事をした。そのまままたい焼き器を握《にぎ》る。二回目よりまた作るスピードが早くなっていた。

「お、意外と美味《おい》しいじゃないか」

焼き立てを食べたお婆《ばあ》さんはそう言ってくれた。あっという間に食べ終える。

「それじゃ、気張《きば》れよ！」

「今度は四人でうちの店に遊びに来な」

小寺屋《こてらや》の二人はそう言い残し、帰って行った。

今思えば、本当に奇跡《きせき》的なタイミングだったと思う。おかげで何とかやっていけそうだ。

「よし、それじゃあ新しくおかずたい焼き屋として始めていこうか」

壮太《そうた》が切《き》り替《か》えるように言う。

「どうせ出来立てを提供《ていきょう》する事になるから、焼く係は雄太《ゆうた》一人で大丈夫《だいじょうぶ》そうだな。俺《おれ》も客の呼《よ》び込《こ》み手伝うよ」

雄太《ゆうた》だからこそ一回で出来たが、俺《おれ》だと形にもならないだろう。材料を無駄《むだ》にしたくない。

それから、俺《おれ》たちは店の営業《えいぎょう》を再開《さいかい》した。

最初の方こそしょっぱいたい焼きに戸惑《とまど》う客も多かったが、少し経《た》つとむしろおかずたい焼きを求めて来る客が多くなった。物珍《ものめずら》しさから校内で話題になったのだろう。

気が付けば、店の前には列ができていた。供給《きょうきゅう》が追い付かなくなるところだったが、雄《ゆう》太《た》が二個《こ》同時におかずたい焼きを作り始めた事で何とかなった。片手《かたて》でたい焼き器を扱《あつか》う姿《すがた》はまさに職人《しょくにん》だった。


――数時間後――


「結局、こうなったな」

壮太《そうた》が笑った。

周りの模擬店《もぎてん》はまだ営業《えいぎょう》している。だが、俺《おれ》たちは一足先に店を畳《たた》んでいた。壮太《そうた》の言う通り、結局店を早く閉《し》める事になった。材料がなくなったのだ。

「でも、良いんじゃない？　予定してたより売り上げたんだし！」

「もうヘトヘトだよ～」

結果として、粒《つぶ》あんで想定していた売り上げを少しだけ超《こ》えた。材料不足で店を閉《し》めたというよりは、売るつもりだったものを全て売り切ったから閉《し》めた。

生地《きじ》を薄《うす》く作るよう意識《いしき》を変えれば、卵《たまご》はかなり余《あま》った。薄《うす》く作る分、よく焼く。今思えば卵《たまご》は過剰《かじょう》発注だったかもしれない。まあ、全部丸く収《おさ》まったから良かった。

「大繁盛《だいはんじょう》だったみたいですね」

店の解体《かいたい》を進めていると、見破《みやぶ》先生が通りかかった。

「ええ、なんとかなりました」

「変わったたい焼きを売っている店があると、教員の間でも話題になってましたよ。まあ、あなたたちなら何とかするだろうと思っていました」

いつもの真顔。続けて「明日も引き続き頑張《がんば》るように」と声を掛《か》けると、颯爽《さっそう》と去って行った。

「そっか～、まだ一日目なんだね～」

「予想以上に疲《つか》れたな」

こうして、堅中祭《かたちゅう》の一日目は無事終わりを迎《むか》えた。

七戦目 『友達』

堅中祭《かたちゅう》二日目。分かりやすく言えば体育祭。もっと分かりやすく言えば運動会だ。

俺《おれ》たちは堅中校舎《かたちゅうこうしゃ》を離《はな》れて【堅野《かたの》運動公園】に来ていた。堅中《かたちゅう》にも大きなグラウンドはあるのだが、全校生徒が一気に使うとなると少し窮屈《きゅうくつ》になる。そのため、毎年陸上の公式大会なども行われるこの広い競技場《きょうぎじょう》を貸《か》し切《き》って行うのだ。

「四人共体操服《たいそうふく》忘《わす》れなくて良かったね～」

「本当だな」

頭に白い鉢巻《はちまき》を巻《ま》いた島津《しまづ》兄弟が俺《おれ》に向かって言う。

「いや、俺《おれ》がこの間忘《わす》れたのは保健《ほけん》の教科書だから……」

「でも、四人共体操服《たいそうふく》を忘《わす》れなかったのは本当にファインプレーだよ！」

堅中祭《かたちゅう》二日目は、全校生徒が三組に分かれて競《きそ》い合う。二年二組は白組。だから俺《おれ》たちは頭に白い鉢巻《はちまき》を巻《ま》いていた。毎年堅中《かたちゅう》祭の二日目は優勝《ゆうしょう》争いが白熱する。生徒はかなり本気。体操服《たいそうふく》の忘《わす》れ物《もの》は白組全体に迷惑《めいわく》がかかるため、絶対《ぜったい》にできない。

各競技《きょうぎ》には得点が設《もう》けられている。例えば徒競走なら一位が十点、二位が五点、三位が三点という具合。得点数は競技《きょうぎ》によって違《ちが》う。最終的に獲得《かくとく》した得点が一番多かった組が優勝《ゆうしょう》というわけだ。

俺《おれ》たちは観客席にいた。周りには大勢《おおぜい》の生徒がいる。ただし、座《すわ》る位置は組ごとに分かれている。赤組、白組、青組の三組。全員頭にそれぞれの色の鉢巻《はちまき》を巻《ま》いているため分かりやすい。

「そろそろ開会式が始まるだろ。もう下りといた方が良いんじゃねぇか？」

観客席から競技場《きょうぎじょう》を見下ろす。本格的《ほんかくてき》な陸上トラックに囲まれた人工芝《じんこうしば》のグラウンドに、チラホラ生徒が集まっている。確《たし》かにこのまま観客席にいてもやる事が無いし、早めに下りておいた方が良いかもしれない。

階段《かいだん》を下り、一度外に出て正面入り口から入り直す。そこから細い通路を道なりに進むと、競技場《きょうぎじょう》に出た。

空を見上げる。雲一つない快晴《かいせい》。風があまり吹《ふ》いていないため暑くなりそうだ。

「皆《みんな》、自分が出る種目ちゃんと覚えてる？」

多鹿《たじか》が背伸《せの》びをしながら聞いてきた。そういや、出場種目を決めたのはだいぶ前になる。確認《かくにん》のつもりだろう。

「四人で一緒《いっしょ》に出るのは玉入れだな。あとは各自違《ちが》う競技《きょうぎ》に出る。確《たし》か、多鹿《たじか》は綱引《つなひ》きだったろ？」

天才と言えば、勉強はできても運動は苦手なイメージがあるかもしれない。しかし俺《おれ》たちは違《ちが》う。むしろ多鹿《たじか》、壮太《そうた》、雄太《ゆうた》はそこそこ運動が得意だ。俺《おれ》も人並《ひとな》みにはできる。

原則《げんそく》として、全生徒各二競技《きょうぎ》は出場しなければいけない。俺《おれ》の場合は玉入れと借り物競走リレーだ。

「生徒は競技場《きょうぎじょう》に集まり、クラスごとに整列してください」

突然《とつぜん》、拡声器《かくせいき》のくぐもった声が聞こえた。

どうやら、堅中祭《かたちゅう》二日目は見破《みやぶ》先生が仕切っているらしい。見破《みやぶ》先生はよくこういう学校行事で代表者を任《まか》される。商店街イベントの時もそうだった。主にその仏頂面《ぶっちょうづら》が原因《げんいん》で、学校一真面目《まじめ》で厳《きび》しい教員だと有名になっている。見破《みやぶ》先生が前に立てば、騒《さわ》いでいる生徒もすぐに大人《おとな》しくなるのだろう。

声を聞いた生徒たちは、徐々《じょじょ》に整列を始める。観客席にいた生徒たちも急いで下りてくる。

それから五分ほど経《た》って整列が完了《かんりょう》した。

校長先生が競技場《きょうぎじょう》の真ん中に設《もう》けられた台の上に立って開会宣言《せんげん》を始める。開会宣言《せんげん》の後は、見破《みやぶ》先生から競技《きょうぎ》スケジュールと注意事項《じこう》が告げられる。準備体操《じゅんびたいそう》をした後、ひとまず解散《かいさん》となった。

「最初の競技《きょうぎ》は五十メートル走。誰《だれ》か出る奴《やつ》はいるか？」

「いや、いいねぇな」

「じゃあ、一旦《いったん》観客席に戻《もど》りますか～」

競技場《きょうぎじょう》で声援《せいえん》を送りながら応援《おうえん》する事もできる。だが、別に観客席からでも競技《きょうぎ》の様子は見える。四人のうち誰《だれ》も出ないなら、わざわざ日差しの強い競技場《きょうぎじょう》で見なくても良い。

俺《おれ》たちは再《ふたた》び観客席に戻《もど》ると、白組の陣地《じんち》から四席空いている場所を見つけて座《すわ》った。

他にも観客席から応援《おうえん》している生徒が結構《けっこう》いた。

下で繰《く》り広《ひろ》げられているのは五十メートル走。普通《ふつう》に考えれば足の速い奴《やつ》が出場する事になるが、別競《きょう》技《ぎ》としてリレーがある。得点が低い事もあり、運動が苦手な生徒がこの競《きょう》技《ぎ》に出場しがちだ。

「結構《けっこう》あっさり終わったね～」

五十メートル走は滞《とどこお》りなく終わった。三組ともほぼ同じくらいの得点数。

「次の種目は……」

「玉入れだろ。競《きょう》技《ぎ》場《じょう》に下りるぞ」

早くも出番だ。急いで競《きょう》技《ぎ》場《じょう》へと向かう。

観客席には屋根が付いていたため、競《きょう》技《ぎ》場《じょう》に出た時、より日差しを強く感じた。

赤組、白組、青組、各三カ所ずつ、計九つの籠《かご》が競《きょう》技《ぎ》場《じょう》に設置《せっち》されていた。下に散らばっている玉を籠《かご》の中に入れるだけ。玉入れと言えばのシンプルなルールだ。

誰《だれ》がどの籠《かご》につくかはランダムのはずだが、偶然《ぐうぜん》にも天才四人衆《しゅう》は全員同じ籠《かご》のもとに集められた。籠《かご》には大きく「B」と書かれた紙が貼《は》ってある。つまるところ、俺《おれ》たちは白B組だ。

見破《みやぶ》先生が改めてルール説明と獲得《かくとく》できる得点数を述《の》べる。どうやら、競技《きょうぎ》時間は三分らしい。三分経《た》った時点で籠《かご》の中に入れられた玉の数を競《きそ》う。

説明を終えた後、見破《みやぶ》先生は競技《きょうぎ》開始のホイッスルを鳴らした。

全員が一斉《いっせい》に動き出す。

普通《ふつう》なら玉を一つ持ち、それを投げ入れようとするだろう。実際《じっさい》、周りの生徒もそうしている。だが、俺《おれ》たち天才四人衆《しゅう》は違《ちが》った。玉を両手に抱《かか》えるようにしてたくさん持ち、籠《かご》の真下に集まる。そして真上に持ち上げるようにして投げた。すると、一気にどさっと入る。

遠くから投げると玉が横軸《よこじく》に広い放物線を描《えが》くため籠《かご》に入りにくくなる。それに玉を一つずつ投げるよりも、一度に多くの玉を投げた方が効率《こうりつ》的《てき》だ。入る時は一気に入るし、入らなくても籠《かご》の下に固まって落ちるため拾うのが楽になる。

他の生徒が一つずつ拾って遠くから投げ入れる中、こんなガチ戦法を取る奴《やつ》が四人もいるのだ。勝負はすぐについた。

見破《みやぶ》先生がホイッスルを鳴らした。三分経過《けいか》した。

実行委員が籠《かご》を下ろす。一つずつ籠《かご》の中から出しながら、皆《みんな》で声を出して数えていく。

だが、正直茶番だった。それは全生徒が思っている事だろう。

白B組は唯一《ゆいいつ》、三分以内に全ての玉を籠《かご》に入れていたのだ。数えるまでもなく、一位確《かく》定《てい》。周りから「さすが天才四人衆《しゅう》だ……」、「あれが天才四人衆《しゅう》？　初めて見た」、「圧倒的《あっとうてき》過《す》ぎだろ」などヒソヒソと声が聞こえてきている。

「それでは、結果発表です。一位が白B組、二位が……」

最後に結果が告げられ、二競技《きょうぎ》目の玉入れは終わった。

俺《おれ》たちの頑張《がんば》りもあってか、現状《げんじょう》白組がリードしている。

「次の競技《きょうぎ》は～」

「綱引《つなひ》きだ。つまり……」

「僕《ぼく》の出番だね！」

多鹿《たじか》は二連続での出場。

「頑張《がんば》ってこいよ」

多鹿《たじか》を見送り、俺《おれ》たち三人は競技場《きょうぎじょう》で見届《みとど》ける事にする。

「さて、敗北は許《ゆる》されねぇぞ……」

競技場《きょうぎじょう》の観戦スペースの最前列を何とか確保《かくほ》し終えた時、壮太《そうた》が呟《つぶや》いた。当然だ。一位以外を取れば、まず俺《おれ》たちに散々煽《あお》られる事になる。

出場生徒が競技場《きょうぎじょう》の中心に集まった頃《ころ》、大きな綱《つな》が登場する。その後、見破《みやぶ》先生がルールと得点の説明を始めた。

ルールに特に変わったところはない。綱《つな》を引《ひ》っ張《ぱ》り合《あ》うだけ。三組総当《そうあ》たりで行うらしい。

「うちの組、ちょっと不利じゃねぇか？」

壮太《そうた》が、出場している組の方を指差す。三組とも人数は同じ。ただし、少し体格差《たいかくさ》があるように見えた。白組は赤組や青組に比《くら》べて全体的に身長が低い生徒が多い。

「ただ引《ひ》っ張《ぱ》るだけじゃ勝てないって事だね～」

各組、競技《きょうぎ》開始前に円陣《えんじん》を組む。その際《さい》、白組だけ様子がおかしかった。円陣《えんじん》の真ん中で誰《だれ》かが全員に指示《しじ》を飛ばしている。

「あれ、多鹿《たじか》だよな？」

「ああ、どうやら何か仕掛《しか》けるみてぇだな」

多鹿《たじか》の得意分野は話術《わじゅつ》。初対面の人だらけの中、ああやって喋《しゃべ》れるのはあいつくらいだろう。

まずは赤組と白組の対戦だった。綱《つな》の中央を境《さかい》に、両チームが綱《つな》の隣《となり》に立って向かい合う。

「なあ、あれって……」

「どうやら多鹿《たじか》は知っていたみたいだな。綱引《つなひ》きは意外とテクニックが重要だって事を」

赤組と白組、まず並《なら》び方《かた》から違《ちが》った。

赤組は最後尾《さいこうび》に一番体格《たいかく》が良い生徒を置いて、あとは適当《てきとう》。対する白組は前の生徒が一番高くなるように背《せ》の順で並《なら》んでいた。きっちり男女交互《こうご》に並《なら》んでいる。更《さら》に特徴的《とくちょうてき》なのは、生徒同士の間隔《かんかく》。赤組と比《くら》べて間隔《かんかく》が広い。その証拠《しょうこ》に、白組の綱《つな》の端《はし》は余《あま》っていなかった。

「構《かま》えて」

見破《みやぶ》先生の合図と共に、両方の組が綱《つな》を持つ。ただし、綱《つな》の中央は地面に着いたまま。

大柄《おおがら》の先生が綱《つな》を踏《ふ》みつけているせいでそう簡単《かんたん》に動かせないだろうし、動かした瞬間《しゅんかん》フライングとして失格《しっかく》だ。ルール説明の時にそう言われていた。

「綱《つな》の持ち方も違《ちが》うようね～」

雄太《ゆうた》も気付いたようだった。

生徒同士の間隔《かんかく》を空ける事には意味がある。例えば赤組の場合、前後が窮屈《きゅうくつ》なせいで体を正面に向けられず、斜《なな》めを向いて綱《つな》を持っている生徒が大半だった。しかし、白組の生徒は体を正面に向け、足を大きく広げている。

「これは、結果が楽しみだな……」

呟《つぶや》いた直後、見破《みやぶ》先生がホイッスルを鳴らした。綱《つな》の中央を踏《ふ》んでいた先生が飛《と》び退《の》き、両チームが一斉《いっせい》に綱《つな》を引《ひ》っ張《ぱ》り合《あ》う。

勝負は拮抗《きっこう》……とはいかなかった。ズルズルと白組の方に綱《つな》が引《ひ》き摺《ず》られていく。

結局、白組の圧勝《あっしょう》で終わった。体格差《たいかくさ》など話にならない。圧倒的《あっとうてき》なテクニックでねじ伏《ふ》せた。

勝者の白組は一度待機。次に赤組と青組の勝負が行われる。

「青組は特に強そうだな」

壮太《そうた》の言う通り、青組は特に体格《たいかく》の良い男子生徒が多かった。

それは結果にも現《あらわ》れた。青組の圧勝《あっしょう》。見たところ、白組と同じくらいの早さで勝負が決したように見えた。つまり、同格《どうかく》。

赤組と白組が入《い》れ替《か》わり、今度は白組と青組の勝負が始まる。決勝戦だ。連戦は避《さ》けられたが、やはり体格差《たいかくさ》の観点から不利と見て良いだろう。

綱《つな》を持つ両チーム。そして、勝負開始を告げるホイッスルが鳴った。

両チーム全力で引《ひ》っ張《ぱ》る……が綱《つな》は大きく動かない。拮抗状態《きっこうじょうたい》。そのまま時間が経《た》っていく。

「持久戦《じきゅうせん》となれば……」

「決着はついたも同然だな」

俺《おれ》と壮太《そうた》はその様子を見て、勝負の行く末を察した。

大きな動きを見せなかった綱《つな》の中央が、時間が経《た》つにつれ徐々《じょじょ》に白組側へと引《ひ》き摺《ず》られていく。それも、赤組と戦った時のようにスムーズな感じではない。一定のリズムで少しずつだ。

「なるほど、掛《か》け声《ごえ》か〜。赤組戦では見なかったし、強敵《きょうてき》相手の奥《おく》の手《て》だね〜。まさか、そこまで開始前の円陣《えんじん》で仕込《しこ》んでいたとは〜」

白組は「一、二、三」の掛《か》け声《ごえ》でタイミングを合わせて綱《つな》を引いていた。

タイミング良く綱《つな》を引く……当然、込《こ》める力には強弱がつく事になる。今回の掛《か》け声《ごえ》で言うなら、「三」のタイミングで強く綱《つな》を引く必要があるため、「一、二」のタイミングでは自然と脱力《だつりょく》できるというわけだ。

掛《か》け声《ごえ》無しで常《つね》に力いっぱい引いている青組と、適度《てきど》な脱力《だつりょく》と全力を交互《こうご》に繰《く》り返《かえ》している白組。長期戦になった場合、どちらの方が疲弊《ひへい》が早いかは見るまでもなかった。

結果は白組の勝利。持久戦《じきゅうせん》により両チームの疲弊《ひへい》が大きくなり、テクニックや戦略《せんりゃく》の効《こう》果《か》が顕著《けんちょ》に現《あらわ》れた。

「ちゃんと一位を取ってきたよ！」

競技《きょうぎ》を終えて戻《もど》ってきた多鹿《たじか》が、開口一番そう言った。

「何言ってんだ、当然だろ」

「お、ハードル上げるね壮太《そうた》」

「良いね〜、これで兄ちゃんが負けて帰ってきたらからかい甲斐《がい》があるよ〜」

「そんな事は万に一つも起こらねぇ。まあ、見てろ」

壮太《そうた》はそう言うと、どこかへ去って行った。

「なるほど、次は尻尾《しっぽ》取りゲームか」

壮太《そうた》の出場競技《きょうぎ》だ。

「じゃあ、このまここで見てようよ！」

「お前はまず水分補給《ほきゅう》して来い。開始まではまだ時間がある」

今日は暑い。熱中症対策《ねっちゅうしょうたいさく》は万全《ばんぜん》に行う必要がある。

多鹿《たじか》は一度水筒《すいとう》を取りに観客席へ戻《もど》った。開始までには戻《もど》って来られるだろう。

雄太《ゆうた》と二人。見破《みやぶ》先生がルールと得点の説明を始める。

出場者は各組から五人ずつ。計十五人。体操服《たいそうふく》のズボンに紐《ひも》を挟《はさ》んだ鬼《おに》が五人おり、出場者は鬼《おに》の尻尾《しっぽ》を奪《うば》いに行く。ただし、故意《こい》に鬼《おに》に接触《せっしょく》する事は禁止《きんし》。服を引《ひ》っ張《ぱ》ったり、足を掛《か》けて転ばせたりした時は退場《たいじょう》となる。制限《せいげん》時間は五分。

鬼《おに》は全員陸上部が務《つと》める。故《ゆえ》に尻尾《しっぽ》を取るのは難《むずか》しい。噂《うわさ》によると、一本も取れなかった年もあるらしい。

「結構《けっこう》自信があるようだったが、壮太《そうた》は本当に大丈夫《だいじょうぶ》なのか？」

壮太《そうた》は結構《けっこう》足が速い。だが、相手が陸上部となれば話は別だ。「尻尾《しっぽ》取り」という競技《きょうぎ》名《めい》の通り、紐《ひも》はお尻《しり》の方に垂《た》らすように付けられている。正面から待《ま》ち伏《ぶ》せたとしても背《はい》面《めん》に回らない限《かぎ》り尻尾《しっぽ》は取れない。というか、そもそも待《ま》ち伏《ぶ》せという行為《こうい》自体危険《きけん》だ。前から走り来る鬼《おに》とぶつかりでもしたら、退場《たいじょう》になるリスクがある。この競技《きょうぎ》はいかに仲間と協力できるかがポイントだ。その点、壮太《そうた》は先ほどの多鹿《たじか》のようにはいかないだろう。上手《うま》く連携《れんけい》できるとは思えない。

「なるほど、尻尾《しっぽ》取りってこういうルールだったのか～」

雄太《ゆうた》が競技場《きょうぎじょう》の方を見ながら言った。既《すで》に鬼《おに》が放たれている。今回の競技《きょうぎ》は、早い話が鬼《おに》ごっこ。当然競技《きょうぎ》エリアが定められており、紐《ひも》で囲まれている。それでもかなり広い。普通《ふつう》に追いかけ回しているだけじゃ捕《つか》まえられないだろう。

「知らなかったのか？」

「うん、初めて聞いたよ〜。確《たし》か去年はなかったよね〜？　でも、この競技《きょうぎ》……兄ちゃんはちょっと反則《はんそく》かも〜」

反則《はんそく》？　反則《はんそく》級に強いという事だろうか。雄太《ゆうた》は壮太《そうた》の考えている事が分かる。どんな策《さく》を取るのか知った上での発言なのだろう。

「良かった、間に合った！」

多鹿《たじか》が後ろから俺《おれ》の肩《かた》を叩《たた》いた。

直後、見破《みやぶ》先生がホイッスルを鳴らした。

競技《きょうぎ》エリアの中に鬼《おに》以外の出場者が入《はい》ってくる。

全員入った後で改めて見ても、エリアが広い。これでは鬼《おに》が逃《に》げ放題《ほうだい》だ。

肝心《かんじん》の壮太《そうた》は早くも鬼《おに》と相対していた。一対一で向き合う形。周りに白組の仲間はいない。

「一体何をする気だ？　あれじゃ逃《に》げられて終わりだ」

次の瞬間《しゅんかん》、鬼《おに》は壮太《そうた》の脇《わき》を通《とお》り抜《ぬ》けて逃《に》げようとした。しかし、壮太《そうた》が鬼《おに》の前方に立ちふさがる。続いて、鬼《おに》は反対方向に逃《に》げようとする……がフェイント。もう一度同じ方向に逃《に》げようとする。だが、壮太《そうた》はフェイントに引《ひ》っ掛《か》かる素振《そぶ》りを少しも見せず、また鬼《おに》の進路をふさいだ。

「え、今……鬼《おに》が逃《に》げようとする前に動いてなかった？」

多鹿《たじか》が驚《おどろ》きの声を発する。そう、壮太《そうた》はフェイントに引《ひ》っ掛《か》かるどころか鬼《おに》の行動を先読みして動いていたのだ。

「なるほど、計画能力《のうりょく》の応用《おうよう》か」

俺《おれ》はその仕組みに気付いた。壮太《そうた》の得意分野は計画。この競技《きょうぎ》で求められるのは、次に何が起こるのかの予測《よそく》だ。鬼《おに》の目の動き、重心の移動《いどう》……それらの情報《じょうほう》から鬼《おに》が次にどちらに逃《に》げようとしているのか、フェイントなのかどうか、予測《よそく》して動いている。

「あいつ、あんな事できたのか。ていうか、あれもう反則《はんそく》だろ」

「だから言ったでしょ～」

壮太《そうた》と相対している鬼《おに》はことごとく動きを読まれ、あからさまに動揺《どうよう》していた。それもそうだろう。自分の全てを知られている気がして気持ち悪い。何度も壮太《そうた》と頭脳戦《ずのうせん》をしてきた俺《おれ》には分かる。

鬼《おに》はまた壮太《そうた》の脇《わき》を抜《ぬ》けようと走り出した。壮太《そうた》はこれまでと同じように鬼《おに》の進路に立つ。しかし、今度は鬼《おに》が足を止めなかった。接触《せっしょく》すれば壮太《そうた》は退場《たいじょう》となる。鬼《おに》にとっても後味の悪い結果になるためやりたくなかったのだろうが、このままでは埒《らち》が明かない。

「ああ、あれじゃ思《おも》う壺《つぼ》だ」

だが、それが悪手である事を俺《おれ》は分かっていた。

壮太《そうた》は鬼《おに》がそのまま突進《とっしん》してくる事が分かりきっていたかのようにひらりと躱《かわ》すと、脇《わき》を通《とお》り過《す》ぎた直後の無防備《むぼうび》な背面《はいめん》からあっさり尻尾《しっぽ》を取った。

苦《くる》し紛《まぎ》れの行動など壮太《そうた》の前では無意味だ。むしろ、それすら読まれている。

しばらく競技《きょうぎ》が続き、見破《みやぶ》先生が終了《しゅうりょう》のホイッスルを鳴らした。

結果は圧倒的《あっとうてき》。周りからはどよめきの声が上がっている。

「結果を発表します。白組三本、赤組一本、青組ゼロ本」

赤組は五人で上手《うま》く鬼《おに》を取り囲み、時間をいっぱい使って一本獲得《かくとく》していた。青組も同じ方法で途中《とちゅう》までは上手《うま》くいっていたが、鬼《おに》のフェイントにより包囲が乱《みだ》れ取《と》り逃《に》がしてしまった。そんな中、白組は壮太《そうた》が単独《たんどく》で三本取り終了《しゅうりょう》。行動の先読みに加え、足もそれなりに速い。ただ足が速いだけの陸上部では相手にならなかった。

「目と脳《のう》を使い過《す》ぎて疲《つか》れたな……だが、これで俺《おれ》の仕事は終わりだ」

競技《きょうぎ》を終えた壮太《そうた》が帰ってきた。呼吸《こきゅう》が荒《あら》い。陸上部は放課後毎日走っているが、壮太《そうた》は違《ちが》う。疲《つか》れて当然だ。

「そう言うと思って壮太《そうた》の水筒《すいとう》も持って来といてあげたよ！」

「お、気が利《き》くじゃねぇか」

水筒《すいとう》を受け取りガブガブ飲み始めた。

「次、行って来いよ」

飲み終え、弟に言う。

「ああ、そういえば次は僕《ぼく》だったね～」

雄太《ゆうた》はいつも通りマイペースな口調で言いながら競技場《きょうぎじょう》の方に向かって行った。

次の競技《きょうぎ》は確《たし》か、障害物《しょうがいぶつ》競走だったはずだ。

「障害物《しょうがいぶつ》競走……何が設置《せっち》されるか、だな」

「そうだな。正面から障害物《しょうがいぶつ》をこなしていくだけだから策《さく》も戦略《せんりゃく》もねぇ」

「何も考えてなさそうな感じだったけど、大丈夫《だいじょうぶ》なのかな？」

「ちなみに多鹿《たじか》の言う通りだぞ。あいつ、行く時何も考えてなかった」

「おいおい……」と声を漏《も》らしてしまった。本当に大丈夫《だいじょうぶ》なのか？

競技場《きょうぎじょう》に障害物《しょうがいぶつ》が設置《せっち》されていく。見て何をするのか分かる物もあれば、見ただけではルールが分からない物もあった。

まだ障害物《しょうがいぶつ》を設置《せっち》している途中《とちゅう》だが、長くなるのか見破《みやぶ》先生がルールと得点の説明を始めた。

障害物《しょうがいぶつ》競走の内容《ないよう》は全部で五種目。まずは徒競走。それから網《あみ》くぐり。名前の通り、地面を覆《おお》うようにして設置《せっち》された網《あみ》を匍匐《ほふく》前進でくぐっていく。三種目目は針穴《はりあな》通し。机《つくえ》が用意されており、その上に置かれている手縫《てぬ》い針《ばり》に糸を通す。ここに来て文化部の方が有利になる要素《ようそ》だ。面白《おもしろ》い。四種目目はピンポン玉運び。ピンポン玉がのったスプーンが渡《わた》されるので、ピンポン玉を落とさないように運ぶ。落としてしまった場合は最初からやり直しだ。最後の種目はぐるぐるバット。目が回った状態《じょうたい》で足取りがおぼつかないままゴールテープを切る事になる。

障害物競走《しょうがいぶつ》は五十メートル走と同じで個人競技《こじんきょうぎ》だ。三組からそれぞれ一人ずつ出場し、競争する。これを繰《く》り返《かえ》し行う。

「あ、あれ雄太《ゆうた》じゃない!?」

突然《とつぜん》多鹿《たじか》が大きな声を出し、指を差した。

見ると、既《すで》に第一走者三人がスタートラインに着いている。もうじき始まるのだろう。

驚《おどろ》くべき事に、その中には雄太《ゆうた》の姿《すがた》があった。あいつ、第一走者だったのか……。

次の瞬間《しゅんかん》、ホイッスルが鳴った。

三人が一斉《いっせい》に走り出す。おっとりとした性格《せいかく》とは裏腹《うらはら》に、雄太《ゆうた》は足が速い。兄と同じだ。

一種目目の徒競走の時点で、雄太《ゆうた》は頭一つ抜《ぬ》けていた。そのまま網《あみ》くぐりに入る。

網《あみ》くぐりで特に順位の変動はなかった。全員平等に遅《おそ》い。まあ、匍匐《ほふく》前進がめちゃくちゃ速い奴《やつ》なんてそういないだろう。

次の種目は針穴《はりあな》通し。ここで大きな差が付く事になった。

雄太《ゆうた》が一発で針《はり》に糸を通したのだ。そのまま次の種目に行く。

「なるほど、手先の器用さか」

雄太《ゆうた》の得意分野は物作り。その大部分を担《にな》うのが手先の器用さだ。最初雄太《ゆうた》が余裕《よゆう》そうにしていたのはこのため。障害物競走《しょうがいぶつ》においても器用さが大いに役立つ……そう確信《かくしん》していたのだろう。

次のピンポン玉運びも驚異的《きょういてき》な速さだった。徒競走とほとんど変わらないフォームで走っているのに、手元だけがまったく動いていない。器用なのは手先だけじゃなかったらしい。

雄太《ゆうた》が五種目目に辿《たど》り着《つ》いた時、赤組の走者と青組の走者はまだ針《はり》通しのところにいた。雄太《ゆうた》が早過《はやす》ぎるだけで、普通《ふつう》あれくらいはかかる。それに、雄太《ゆうた》がどんどん先に行くせいで余計焦《よけいあせ》っているのだろう。

程《ほど》なくして、雄太《ゆうた》はゴールした。ぐるぐるバットに器用さなんて関係ない。くねくねした足取りで普通《ふつう》に走り切っていた。

圧倒的《あっとうてき》な速さ。その後色々な走者が走ったが、全走者と比《くら》べても雄太《ゆうた》が一番速かった気がする。

障害物《しょうがいぶつ》競走が終了《しゅうりょう》した。結果として雄太《ゆうた》は一位を取ったが、全体として得点に差はつかなかった。依然《いぜん》として白組のリード。

「楽勝だったね～」

ピースしながら駆《か》け寄《よ》ってきた。兄とは対照的に、息も上がっていない。

「お前、裁縫《さいほう》とか普段《ふだん》しないよな？」

「でも、結構簡単《けっこうかんたん》だったよ～？」

「それは雄太《ゆうた》だからだよ！」

これで俺《おれ》以外の出場競技《きょうぎ》は終了《しゅうりょう》した。三人共ちゃんと一位を取ってきた。残すは俺《おれ》の競《きょう》技《ぎ》だけだ。

「ここで一度昼食休憩《きゅうけい》を挟《はさ》みます」

拡声器《かくせいき》を通して見破《みやぶ》先生の声が聞こえてくる。

「じゃあ、観客席に上がって皆《みんな》で食べますか～」

堅中生《かたちゅう》は普段《ふだん》、給食を自分の席に座《すわ》って黙々《もくもく》と食べている。今日は友達同士話しながら食べられるため、昼食休憩《きゅうけい》の時間ですら楽しみにしている生徒は多い。

俺《おれ》たちは観客席に上がり、午前中の振《ふ》り返りをしながら昼食を食べた。

＊＊＊

――時間後――

「それでは、これより堅中祭《かたちゅうさい》二日目午後の部を始めます」

二日にわたる堅中祭《かたちゅうさい》もいよいよ最後。俺《おれ》たちは昼食を食べ終え、そのまま観客席にいた。

競技場《きょうぎじょう》で行われようとしているのは台風の目。

「俺《おれ》らは立て続けだったが、上田《うえだ》の競技《きょうぎ》はまだまだだな」

「まだまだって言うか、最後だよね～」

俺《おれ》が出るのは借り物競走リレーだ。毎年最後の競技《きょうぎ》として選ばれ、かなりの盛《も》り上《あ》がりを見せる。

「しかも上田《うえだ》、アンカーだったよね」

堅中祭《かたちゅうさい》の借り物競走はリレー形式だ。お題の物を借りてきた者から次の走者にバトンを渡《わた》せる。

借り物競走リレーが毎年盛《も》り上《あ》がる理由……それは得点数だ。よくバラエティ番組であるように、最後の競技《きょうぎ》で得られる得点数は破格《はかく》になっている。簡単《かんたん》に言えば、その時点でビリの組でも借り物競走リレーで勝てば優勝《ゆうしょう》できる。その方が盛《も》り上《あ》がるからだろうが、出場者にかかるプレッシャーは大きい。

「結構《けっこう》な重役だが、何で引き受けたんだ？」

壮太《そうた》の問いに、俺《おれ》は昨日《きのう》の事を思い出していた。

実は、俺《おれ》は最初台風の目に出る予定だった。しかし問題が起こったのは堅中祭《かたちゅうさい》一日目。クラス一の目立ちたがり屋で借り物競走リレーに出る予定だったクラスメイトが怪我《けが》をしてしまったのだ。原因《げんいん》は詳《くわ》しく聞いていないが、堅中祭《かたちゅうさい》の最中《さいちゅう》という事で大方察しはつく。はしゃぎ過《す》ぎが原因《げんいん》だろう。怪我《けが》の内容《ないよう》は捻挫《ねんざ》。二日目への参加は厳《きび》しいとの事だった。

リレー形式のため欠員は出せない。出場者の埋《う》め合《あ》わせをする必要があった。全生徒が模擬店《もぎてん》の片付《かたづ》けを終えた頃《ころ》、見破《みやぶ》先生が二年二組の生徒を至急《しきゅう》集めて事情《じじょう》を話した。出場できる競技《きょうぎ》は二つ。つまり、誰《だれ》か出場予定の二競技《きょうぎ》のうち片方《かたほう》をキャンセルし、借り物競走リレーに出場しなければならなかった。

組の優勝《ゆうしょう》をかけた一戦に参加する大役。よほどの目立ちたがり屋でもない限《かぎ》り誰《だれ》も参加したがらない。だが、一人名乗りを上げる者がいた。それが俺《おれ》だったというわけだ。

「俺《おれ》たちって、他の生徒と馴染《なじ》めてないだろ？」

本来出るはずだった競技《きょうぎ》の風景を眺《なが》めながら話し出す。

「小寺屋《こてらや》の店主が言ってたのを聞いてふと思ったんだ……助け合い。それがなかったんじゃないかって。俺《おれ》たちはいつも周りから避《さ》けられてた。でも、俺《おれ》たちの方から歩《あゆ》み寄《よ》りもしなかった。そんな状態《じょうたい》じゃ互《たが》いに仲が深まるわけがない。助け合いで本当に友達ができるなら、あの場面で手を挙げるべきだって思ったんだ」

俺《おれ》たちは天才だ。実際《じっさい》、そう呼《よ》ばれるほど頭が良いし試験を通して結果も残している。周りに避《さ》けられるのも仕方ないかもしれない。多鹿《たじか》がそうであるように、一時的に会話できたとしても友情《ゆうじょう》を築《きず》けないかもしれない。それどころか、いきなり話しかけたら戸惑《とまど》わせてしまうかもしれない。だが、助けるという形でなら他の生徒と自然に接《せっ》する事ができるかもしれない……そう思ったのだ。

「なるほどな、確《たし》かにお前の言う通りかもしれねぇ」

「天才四人衆《しゅう》なんて持《も》て囃《はや》されてる割《わり》には、一回も勉強を教えてあげたりした事なかったな～」

「今まではそういう展開《てんかい》にならないだけだと思ってたけど、本当はこっちから話しかけに行くべきだったのかもね」

「だからこの借り物競走は何としても勝つ必要がある。まあ、アンカーに回って来た時点で他の組がゴールしてたら無理だけどな」

笑って緊張《きんちょう》をごまかす。

その後も俺《おれ》は、観客席から競技《きょうぎ》の様子をボーッと眺《なが》めていた。

「それでは、いよいよ最後の競技《きょうぎ》となります」

俺《おれ》は競技場《きょうぎじょう》の真ん中にいた。玉入れに出た時とは重圧《じゅうあつ》がまるで違《ちが》う。ほとんどの生徒が観客席から下りてきている。おかげで声援《せいえん》がすごい。

見破《みやぶ》先生が最後のルール説明を始める。だが、上手《うま》く頭に入ってこない。まあ、別に聞かなくても良いだろう。ルールは分かり切っているし、この借り物競走リレーで勝った組がそのまま堅中《かたちゅう》祭二日目優勝《ゆうしょう》だ。

出場者は各組四名ずつ。四人でトラックを一周したらゴールだ。それぞれバトンの受《う》け渡《わた》し場所にお題が書かれた紙が落ちており、お題の物を誰《だれ》かから借りて来られたらバトンを渡《わた》せる。アンカーは先にゴールまで走り、お題の物を用意できた時点でゴールとなる。

「出場者は準備《じゅんび》ができ次第《しだい》定位置に着いてください」

説明を終えた見破《みやぶ》先生がそう言った。

「上田《うえだ》！」

その時、三人が駆《か》け寄《よ》ってきた。

「何だ？」

「頼《たの》んだよ！」

多鹿《たじか》がいつもの笑顔《えがお》を見せる。

「無い物を調達する……よく考えたら普段《ふだん》の頭脳戦《ずのうせん》と似《に》てるね〜。上田《うえだ》君だったら余裕《よゆう》なんじゃない〜？」

続けて雄太《ゆうた》が話す。確《たし》かにその通りかもしれない。急に自信が湧《わ》いてきた。

「大丈夫《だいじょうぶ》だ。お前は必ず勝つ。俺《おれ》が言うんだから間違《まちが》いねぇ」

次の壮太《そうた》の言葉で察した。三人は俺《おれ》を勇気づけに来てくれたのだ。いつも一緒《いっしょ》にいる三人。俺《おれ》が緊張《きんちょう》している事など、とうに分かっていたのだろう。

「ああ、普段《ふだん》忘《わす》れ物《もの》頭《ず》脳《のう》戦《せん》で特訓してきてるんだ。負けるわけないだろう」

笑顔《えがお》で返すと、三人は安心したように戻《もど》って行った。

俺《おれ》はすぐに持ち場に着く。トラックの最後のカーブの辺り。

その後、見破《みやぶ》先生によりホイッスルが鳴らされた。

第一走者が走り出す。ただ、足の速さなど関係ない。お題の調達速度で全てが決まる。

第一走者のうち一番早くお題を借りてきたのは我《われ》らが白組だった。お題は手袋《てぶくろ》だったらしい。こんな暑い日に手袋《てぶくろ》を持ってきていた生徒がいたのか？　どうやら、お題の内容《ないよう》は難《むずか》しめに設定《せってい》されているようだ。

それから白組は第二走者、第三走者と順調にバトンを繋《つな》げていった。赤組、青組とは一走者分の差を付けている。

白組の第三走者が何か持ってきた。手に持っている物を判定員《はんていいん》に見せる。バトンの受《う》け渡《わた》し場所には判定員《はんていいん》がおり、お題が書かれた紙と借りてきた物を見せ、認《みと》められればバトンパスへと進める。第三走者が持ってきたのは上履《うわば》き。そんな物を持ってきていた奴《やつ》がいるのか？　疑問《ぎもん》に思っている暇《ひま》はない。判定員《はんていいん》が許可《きょか》を出し、第三走者が第四走者の俺《おれ》に向かってバトンを渡《わた》してくる。

バトンを受け取った俺《おれ》は走り出した。トラックの一番内側を走り、ゴール地点まで行く。ゴールテープ直前、紙切れが落ちている。一番内側に落ちている紙切れを拾って中身を開けた。

「何だ、これ……？」

書かれていたお題は「友達四人」だった。

手袋《てぶくろ》や上履《うわば》きに比《くら》べれば簡単《かんたん》なお題……ただし、俺《おれ》以外なら。

とりあえず三人のもとへ向かった。

「まさか、僕《ぼく》たちがお題と関係あるの？」

「ああ、悪いが一緒《いっしょ》に来てくれ」

これで三人確保《かくほ》。だが、あと一人必要だ。ゴール地点に戻《もど》り、懸命《けんめい》に頭を働かせる。

「天才四人衆《しゅう》でも難《むずか》しいお題なのか？」などゴール地点で動きを止めた俺《おれ》を見て、周りの生徒から困惑《こんわく》の声が出る。幸い、赤組も青組もまだ第三走者が苦戦しているらしい。

「大丈夫《だいじょうぶ》か？」

壮太《そうた》が心配して声を掛《か》けてくる。だが、俺《おれ》はそれに何も返せない。お題の内容《ないよう》を口に出す事は禁止《きんし》だ。借りる時もジェスチャーで伝えなければいけない。まあ、仮《かり》に教えたところで無駄《むだ》だろう。三人でも無理だ。

周りと馴染《なじ》めない、天才四人衆《しゅう》以外友達がいない……俺《おれ》たちが今までずっと悩《なや》んできた事だ。今この瞬間《しゅんかん》それを解決《かいけつ》させるなんて無理だ。できるわけがない。

「駄目《だめ》だ、打つ手がない……」

俺《おれ》の頭は真っ白だった。考えても無駄《むだ》だと自覚してしまった瞬間《しゅんかん》、思考が停止する。このままゴールできずに終わりか……。

そう思った時だった。

「多分、僕《ぼく》が必要なんじゃないですか？」

駆《か》け寄《よ》ってきた者がいた。声がした方へ顔を向ける。

「どうして……？」

そこにいたのは加藤《かとう》だった。話すのは商店街イベントぶりになる。

「皆《みな》さんを連れてるところから察するに、お題は友達か何かですよね？　足りないなら僕《ぼく》を呼《よ》べば良いのに」

加藤《かとう》は笑顔《えがお》で答える。

「いや、でも……」

「まさか、友達じゃない……なんて野暮《やぼ》な事言いませんよね？」

「それ以前に、お前赤組だろ？　良いのか？」

壮太《そうた》が俺《おれ》の代わりに聞いてくれた。加藤《かとう》は頭に赤色の鉢巻《はちまき》を巻《ま》いていた。敵《てき》だ。

「そんなのどうでも良いですよ。以前、皆《みな》さんは僕《ぼく》を助けてくれました。だったら、今度は僕《ぼく》が助ける番です」

助け、助けられる……小寺屋《こてらや》店主の言葉が脳裏《のうり》をよぎる。

「すまない」

俺《おれ》は周りに集まった四人の顔を見回し、気を持ち直してから言った。

後ろから赤組と青組のアンカーが走ってくるのが見える。

「加藤《かとう》、ゴールまで付き合ってくれるか？」

「はい、もちろんです」

加藤《かとう》が手を差し出してくる。だが、俺《おれ》はその手を取らなかった。

「違《ちが》うな……お前はまだ友達じゃない」

「え？」

「この前言っただろ？　敬語禁止《けいごきんし》だ」

加藤《かとう》は一瞬《いっしゅん》ハッとしたような表情《ひょうじょう》を見せた。

「上田《うえだ》、さっさとゴールに行くぞ」

たどたどしい口調。それを聞いた俺《おれ》は加藤《かとう》の手を取った。判定員《はんていいん》のところまで行き、お題が書かれた紙を渡《わた》す。加藤《かとう》には悟《さと》られていたが、自分からお題が「友達四人」であるとは言っていない。大丈夫《だいじょうぶ》なはずだ。

判定員《はんていいん》は小さく「どうぞ」とだけ答えた。ゴールの許可《きょか》が下りた。

そして、五人で一斉《いっせい》にゴールテープを切る。

「一着は白組です」

見破《みやぶ》先生の声が聞こえた。だが、すぐに歓声《かんせい》にかき消される。

赤組と青組のアンカーはまだ最後のお題を借りる事ができていないようだった。第一走者から第三走者までがリードを作っていなければ負けていた。彼《かれ》らにも助けられた。

「まったく、焦《あせ》らせるなよ」

「上田《うえだ》君って、ガチで焦《あせ》った時あんな顔するんだね〜」

「上田《うえだ》、良かったね！」

三人が声を掛《か》けてくる。

その後、赤組と青組のアンカーも無事ゴールした。結果は白組が一着、青組が二着、赤組が三着だった。

程《ほど》なくして閉会式《へいかいしき》が始まる。優勝《ゆうしょう》は白組。

俺《おれ》たちはこの二日間を通して大事な事を学べた。

こうして、堅中祭《かたちゅうさい》は俺《おれ》たち天才四人衆《しゅう》にとって大勝利で幕《まく》を下ろした。

『エピローグ』

私立堅野学院中学校校長室にて。《しりつかたの》

「校長先生、話とは一体何でしょう?」

「他でもない、あの四人の事だ。いや、今は五人と呼《よ》んだ方が良いか……」

「上田《うえだ》、多鹿《たじか》、島津《しまづ》兄弟、それから新たに加藤《かとう》が加わった【天才五人衆《しゅう》】の近況《きんきょう》について知りたい、という事ですね?」

「さすが見破《みやぶ》先生。話が早くて助かる」

「従来《じゅうらい》の天才四人衆《しゅう》は他の生徒とあまり馴染《なじ》めていない印象がありました。しかし、加藤《かとう》君が橋渡《はしわた》しの役を担《にな》うようになった事で、最近では他生徒との交流もよく見られるようになりました」

「なるほど。ちなみにその加藤《かとう》君の事なんだがね、最近飛躍的《ひやくてき》に学力が向上したそうじゃないか」

「あの四人と行動を共にするようになったからでしょう。今では天才五人衆《しゅう》と呼《よ》ばれるほどです。もしかすると、彼《かれ》らが日常的《にちじょうてき》に行うあれが学力向上に関係しているのかもしれません」

「あれ？」

「いえ、なんでもありません。忘《わす》れてください」

「そうか……ところで君、天才四人衆《しゅう》と加藤《かとう》君を繋《つな》げる手助けをしたね？」

「はて、何の事でしょう？」

「堅中《かたちゅう》祭二日目、借り物競走リレーで『友達四人』なんてお題を交《ま》ぜたのは君だろう？　バトンがアンカーに渡《わた》った時点で白組が一位だった。それを見た君がトラックの一番内側にあのお題を置いたんだ」

「……」

「もし上田《うえだ》君以外が拾っていたなら、あのお題は簡単《かんたん》過《す》ぎる。それに、あんな勝手な行動……今回は上手《うま》くいったから良かったものの、本来なら私《わたし》から注意しなければいけないところだった。君らしくない行動だ」

「絶対《ぜったい》に上手《うま》くいく自信がありました。天才四人衆《しゅう》と加藤《かとう》君との繋《つな》がりはできていましたし、私《わたし》は少し背中《せなか》を押《お》してやっただけに過《す》ぎません」

「まあ、君の目論見《もくろみ》通り上手《うま》くいったから良かったんだが……」

「それに、メロンの件《けん》もありましたから」

「メロンの件《けん》？」

「いいえ、大した話ではないんですがね、久々《ひさびさ》に楽しませてもらいましたので……お返しです。これも一種の助け合い、なのかもしれませんね」

〈著者略歴〉
わこり
作家。ショートショート、掌編小説、140字小説、詩など短編を中心に執筆。ノベルアップなど、小説サイトを中心に活動。
X：@meronnsoda_2518

装丁・本文デザイン ● 根本綾子（Karon）
装画・イラスト ● ニナハチ

5分間ノンストップショートストーリー
天才たちの秘密《ひみつ》のゲーム
「忘《わす》れ物《もの》」を隠《かく》し通せ！

2025年4月8日　第1版第1刷発行

著　者　わ　こ　り
発行者　永　田　貴　之
発行所　株式会社ＰＨＰ研究所

東京本部　〒135-8137　江東区豊洲5-6-52
児童書出版部　☎03-3520-9635（編集）
普及部　☎03-3520-9630（販売）
京都本部　〒601-8411　京都市南区西九条北ノ内町11

PHP INTERFACE　https://www.php.co.jp/

組　版　株式会社ＲＵＨＩＡ
印刷所　株式会社光邦
製本所　東京美術紙工協業組合

ISBN978-4-569-88210-9

NDC913　191P　20cm